工匠志 造物

教育部关心下一代工作委员会 编

执笔人 王凌风 马辰燕

广西师范大学出版社
·桂林·

序

十年树木，百年树人。做好关心下一代工作，关系中华民族的伟大复兴。教育部关工委成立三十周年是我国改革开放和社会主义现代化建设取得瞩目成就的三十年，也是各级教育系统关工委和广大"五老"为党的教育事业薪火相传、做出积极贡献的三十年。回眸三十年，各级教育系统关工委不忘为党育人初心，牢记立德树人使命，突出"五老"优势，为青少年健康成长做出了"独特贡献"，谱写了一曲曲离休不离岗、退休不褪色的动人篇章。

三十而立，风华正茂。值此之际，教育部关工委出版了《院士说》《工匠志》《我和我的祖国》《老校长下乡日志》《家庭教育公开课》《教育系统关心下一代课题研究成果集萃》等系列丛书。它们是三十年来各级教育系统关工委和广大"五老"急党政所急、想青年所需、尽关工委所能的一个缩影，浓缩了教育"关工人"赤诚的教育情怀、创新的工作思路、为立德树人工作永无止境的探索实践。

这里有隐姓埋名三十载、只为沧龙游四海的"中国核潜艇之父"黄旭华一生无怨无悔、与时代同行的动人故事，也有一生只做一件事的"故宫男神"王津求学求艺的心得和精益求精、耐住寂寞的"工匠精神"，院士们、劳模们在教育系统关工委组织下纷纷走进校园、走近青年学生，用自己的人生经历、真挚情感讲与祖国同成长的故事、科教报国的情怀和人生的感悟，生动感人，直击学生内心，达到了"与君一席话，胜读十年书"的教育效果。

这里有老校长们深入贫困地区帮助学校加强管理及开展教师队伍、校园文化建设的工作日志，"一个人被需要才是幸福""我们愿做贫困山区发展的隐形翅膀"，老校长们不仅把先进的教学理念、优质的教育资源送到受援地，大大提升了受援学校的办学理念、管理水平、教学水平，更是用这种大爱精神深深感染着周围的每一个人，甚至还稳住了年轻的特岗教师，提升了当地脱贫攻坚的满意度。

这里有针对新冠肺炎疫情期间出现的"疫情综合征""儿童手机、网络成瘾"等家庭教育问题开设的"家庭教育公开课"实录，"及时沟通，彼此尊重，顺势而养，乘势而行，纠偏而行""从孩子精神层面入手，让他成为一个快乐的好人"，千千万万家长们通过教育系统关工委组织的家庭教育公开课掌握了正确的家庭教育理念和科学方法。

这里有基层教育系统关工委鲜活生动的实践成果，也有将实践中积累的好经验好做法凝练升华后的理论成果，涵盖学习贯彻习近平新时代中国特色社会主义思想、关工委组织力建设、品牌活动建设、家庭教育等方方面面，凝聚了一代代教育关工人的智慧和心血，既是对这三十年探索实践比较全面的总结，更是谋划未来的工作基础。

这套系列丛书用朴实的文字记录了三十年来教育系统关工委在做什么、为什么做以及产生了什么影响，这是教育系统关工委三十年来，特别是党的十八大以来发展历程的见证和忠实记录，也是"五老"风采的集中展示。这些"故事"为守护青少年健康成长而书写，为服务社会、服务家庭而书写，为关工委自身建设发展而书写，是对过去的总结，也是教育系统关工委助力立德树人的鲜活实践的凝练。

三十而立，任重道远。站在两个一百年历史交汇点上，面对世界百年未有之大变局，教育部关工委愿始终与大家一起，以更加奋发有为的状态，在更高的起点上，引领青少年与时代同向同行、与国家民族命运与共，为培养社会主义建设者和接班人做出新的更大贡献。

今年是建党一百周年，也是"十四五"开局之年，谨以这套系列丛书作为我们教育系统关工委献给党百年华诞的一份礼物，是为序。

（教育部关心下一代工作委员会主任）

二〇二一年四月

目　录

匠行卓越　缔造行业传奇

匠心筑梦

托举大国重器

高凤林：

把火箭送上太空，把梦想谱成传奇

时间：2017 年 5 月 18 日
地点：四川工程职业技术学院

工匠小传

高凤林，1962年生，河北东光人，中共党员，特级技师，中国航天科技集团有限公司第一研究院总装厂特级技师、高凤林班组组长，首席技能专家，中华全国总工会副主席（兼）。从业三十余年来，他先后获得"全国劳动模范""全国国防科技工业系统劳动模范""全国道德模范""全国技术能手""首次月球探测工程突出贡献者""新长征突击手""最美职工""最美个人奋斗者""中央国家机关'十杰'青年""全国十大能工巧匠"等荣誉称号，荣获中华技能大奖、中国航天基金奖、中国质量奖、第六届全国道德模范敬业奉献类奖项；2009年获国务院政府特殊津贴；2017年当选"北京榜样年榜人物"；2018年当选"大国工匠年度人物"；曾多次在国家级、部级技术比赛与科技项目评选中获得一、二等奖。

他是中国航天事业的幕后英雄，被称为"给火箭安装心脏的人"。三十多年来，我国有一百三十多枚火箭在他焊接出来的发动机的助推下成功飞向太空，向世界彰显了中国强大的实力。

在四川工程职业技术学院，面对学生们崇拜的目光，高凤林用朴实温和的话语把自己的航天情节和工匠生涯中几个难忘的小故事一一道来，字字句句中流露出作为一名大国工匠的无悔与自豪。在场的年轻学子都深切地感受到他难能可贵的工匠精神，无不深受启迪。

精益求精：学艺永无止境，一分耕耘一分收获

高凤林至今还记得童年时听到大街上的广播中传出我国第一颗人造卫星

从太空传回的《东方红》乐曲声，勾起了他无穷的好奇：卫星是怎么飞到天上去的？从此，他的心中便埋下了一颗航天的种子。若干年之后，当他初中毕业面临升学选择时，儿时的梦想指引他进入了原第七工业部下属的技工学校焊接班。"选择自己喜欢的，喜欢自己选择的"这句话成了他一生的信条。

高凤林在技工学校学到的第一课是：焊接这门技术，入门容易精通难。航天设备对焊接的要求更高，想要成为一名航天设备的焊工，本领必须比别人更过硬，双手要像外科医生那样细致，像钢琴家那样灵活，像画家那样稳重、和谐。高凤林看了看自己的双手，暗暗攥紧了拳头，决心练出一双符合航天设备焊工标准的手。

他深知想要比别人做得更好，就必须比别人下更多的功夫，有更大的毅力。为了锻炼双手的稳定性，每当别的同学在操场上尽情地玩耍时，他总是蹲在太阳底下双手托举砖块练耐力；吃饭时，他常常拿着筷子比画焊接送丝的动作，直到饭菜都凉了也没吃进嘴里一口；为了更好地掌握焊接的技巧，他也曾冒着高温长时间观察铁水流动的规律，连眼角都淌下了汗珠……周围的人常说他一练起本领来就像着了魔一样。冬练三九，夏练三伏，功夫不负有心人，临近毕业，高凤林终于练出了一双连老师看了都赞叹不已的"专业手"。

下厂实习的时候，高凤林第一次拿起真正的焊接枪，他信心满满地在铁板上一画一点，完成了人生中第一道成功的焊缝。

这时，工段长走过来，二话不说，拿起焊枪轻轻一点，焊出了一道笔直如渠水般的焊缝，衬得高凤林的那道焊缝像一条歪歪扭扭的蚯蚓，高凤林方才得意的神色顿时变成了惭愧。

从那以后，他明白了学艺永无止境，更加刻苦地练习焊接技能，拜了车间里所有的师傅为师，做了车间里几乎所有的事情。他出色的表现被大家看在眼里，实习期满后被破格提拔到制造"火箭的心脏"——发动机的车间里工作，儿时的航天情结终于如愿以偿。

不断创新：发扬钻研精神，不畏困难不计付出

高凤林参加过许多尖端航天设备的制造，最令他难忘的要数那一年，"长征三号"火箭发动机燃烧室的研制工作在进入最后组装阶段时出现了问题，由于熔焊焊缝比较脆，导致发动机尾部极易断裂。高凤林凭借专业知识判断出应该改善材料或改变一种焊接方式，但他对自己能不能把理论判断转化为实际操作没有把握。眼看项目面临停工，他考虑再三，当着全组的面说出了"让我试试吧"。

于是，他一头扎进了新材料与新工艺的研究中。狭小闷热的操作室里，他不知疲倦地钻研着、试验着，忘记了吃饭和休息，没有了白天和黑夜，陪伴他的只有焊枪枪口喷射出的一束束蓝色火焰。手边的设计图纸越堆越厚，从一条条让人眼花缭乱的线条到一幅幅复杂而精细的图案，高凤林的设计构思一天天充实、完整起来；操作室里的材料越来越多，从一块

块未经打磨的金属到一枚枚做工考究的模型，一个又一个标准的样件在高凤林的手中诞生。一天，操作室里突然爆发出一声兴奋的呼喊："我做到了！问题终于解决了！"

高凤林借此荣立三等功，这给了他莫大的鼓舞，使他明白了想要在工作中做出成绩，钻研是必不可少的。从此，他用灵巧的双手和聪明的心智攻克一道又一道技术难题，攀爬一座又一座技术高峰。

有一次，单位交给他一个光荣的任务——为"长征二号"E捆绑运载火箭的整箭振动试验把牢技术关。此火箭专为发射澳大利亚卫星而研制，是我国航天技术在国际上的一次展现。高凤林明白这一任务不仅寄托着领导对自己的信任，还承载着国家的形象与荣誉。为了不辱使命，他谢绝了一切其他活动，把自己关在屋里，不停地翻笔记、找材料，日夜冥思苦想、反复尝试，再苦再累也咬牙坚持，终于在原有的基础上提出了一套全新的、可行的焊接方案，得到了从总工程师到一线技术人员的一致认可，为"长征二号"E捆绑运载火箭的成功升空做出了不可磨灭的贡献。

勇于担当：笑对巨大挑战，不辱使命扬我国威

航天事业注定与高难度、高风险相伴，高凤林在工作中常常会遇到各种意想不到的挑战。在为"长征三甲"系列火箭焊接发动机的关键时刻，唯一一台真空退火炉炉丝熔断，设备无法继续运转，工作陷入僵局。想要使设备恢复运转，必须由一名工人进入炉内将炉丝重新焊接在一起。然而当时正值盛夏，天气本就闷热，再加上炉内氧气稀薄，焊接工人随时都可能有缺氧的危险，在场的所有人都不敢轻易行动。

那段时间，高凤林正在为"长征三甲"持续攻关，因为过度劳累，他忍受着胃病的折磨，却没有告诉任何人。在这决定项目生死的危急时刻，他像往常一样平静地对同事说："让我进去修吧。"他让同事在他的脚上绑上绳子，如果在炉内感到透不过气，就扯一扯绳子，让同事把他拉出去透

气。漆黑一片的炉膛里，高凤林一手拿着工具，一手打着手电，忍受着逼人的闷热和缺氧的窒息感，一点一点地排查、检修，不到眼前发黑胸口发痛决不扯绳子。不知过了多久，浑身湿透、疲惫不堪的高凤林终于钻出了炉膛。真空炉修好了，"长征三甲"得救了！

随着高凤林渐渐成为远近闻名的能工巧匠，许多单位遇到解决不了的问题都纷纷向他求助。有一次，我国从俄罗斯引进的一种中远程客机发动机出现了裂纹，我国各方专家都无能为力。有人想起了高凤林，一个电话就把他请到了机场。俄方专家见来的是一个清清瘦瘦的小伙子，不相信地说："他肯定也不行，中国专家谁也修不了。"高凤林在出问题的飞机前仔细打量了一番，便让翻译告诉俄方专家："请你等一会，十分钟内我一定能把它修好。"说完，他便专心致志地工作起来。在场的中俄专家纷纷交头接耳、窃窃私语，高凤林丝毫不受影响。十分钟过去了，当高凤林指着飞机请俄方专家验收成果时，俄方专家难以置信地反反复复检查了好几遍，才不得不对高凤林竖起了大拇指。这一竖，是对高凤林技艺的充分肯定，是对中国科学技术的刮目相看，是对中国工匠、中国精神的赞叹与钦佩。高凤林凭着他的一颗心、一双手，展现了中国人的才气与志气，让中国人在国际友人面前扬眉吐气。

学生感言

高凤林给学生们印象最深的一句话是："大国工匠要有大的本领、大的情怀、大的格局，还要有大的担当、大的作为。"他用半生的努力与付出践行了自己的信念，用过人的智慧与才干实现了自己的梦想，用令人赞赏与敬佩的精神品格塑造了大国工匠的光荣形象。

卢仁峰：

为国铸剑，匠心执着

时间：2016 年 11 月 16 日
地点：广西壮族自治区柳州铁道职业技术学院

工匠小传

卢仁峰，1963 年生，中共党员，内蒙古第一机械集团有限公司大成装备制造公司高级焊接技师，中国兵器工业集团首席焊工，第 9 届全国技术能手中焊接界唯一一位"中华技能大奖"获得者。2019 年 4 月，荣获"最美职工"称号。他几十年如一日，用一只手执着追求焊接技术革新，被誉为"独手焊侠"。

2015 年 9 月 3 日上午，天安门广场大阅兵的 27 个装备方队如钢铁洪流般驶过，身为"陆战之王"的坦克亮相于第一方阵，其中 99A 型主战坦克成为万众瞩目的"明星"。身为"陆战之王"的坦克亮相于第一方阵，而这个王者的桂冠是由无数双卢仁峰一样的工匠之手加冕的。精益求精、匠心筑梦在卢仁峰身上得到了完美的体现。今天，大国工匠卢仁峰来到柳州铁道职业技术学院，与广大师生共同分享记忆中那些珍贵的过往。

成长为沙漠中的一株胡杨

在卢仁峰的家乡内蒙古自治区的沙漠深处生长着一种树，名为"胡杨"。与其他品种的杨树不同，胡杨能忍受沙漠中干旱、多变的恶劣气候，对盐碱有着极强的忍耐力，生长在沙漠中仍能枝繁叶茂，被人们赞美为"沙漠的脊梁"。年少时的卢仁峰也常常把自己看作一棵胡杨。

几十年前，卢仁峰的父母远赴大西北支援国家建设，在一线生产岗位一干就是一辈子，这种舍家为国的奉献精神也从小感染着年幼的卢仁峰。重技术、讲奉献，是老一辈军工人留下的宝贵精神财富，卢仁峰意识到，自己必须把这种精神传承下去。

1979年，16岁的卢仁峰来到内蒙古第一机械集团有限公司，开始从事焊接工作。焊接，也称熔接，这种技术自诞生之日起就与军事紧密相连。第一次世界大战中，现代武器尤其是坦克的出现，对金属焊接工艺提出了更高的标准和需求。第二次世界大战后，埋弧焊、药芯焊丝电弧焊、电渣焊等自动或半自动焊接技术先后问世。

"不学好一门技术，你一辈子将一事无成。"刚接触焊接时，老师傅的话让卢仁峰深受触动，他不想碌碌无为地度过一生，希望干出一番事业。老师傅干活时，他盯着看，默记操作要领；平日吃饭时，他甚至把筷子当成焊条，把桌子当成试板，反复摸索操作技巧。从拿起焊枪的第一天起，卢仁峰就给自己树立了目标："当工人就要当最优秀的工人，要做焊接专家。"

定下了这个目标后，卢仁峰给自己列了个课程表，一周七天，一、三、五学理论，二、四、六学技术，把它贴在工具箱上。《金属学》《焊接工艺》这样的工具书被翻到卷边，看书的地方被坐出一个坑。电焊工是个辛苦活儿，每天都得蹲在那儿一动不动。焊接一个焊口需要很长时间，各种角落、高空、地下全得钻，又脏又热。尽管如此，卢仁峰还是不让自己闲着，一有时间，他就骑上自行车在周围厂子里到处跑，哪有电焊的活儿、哪有电焊的比赛就去看。靠着平时勤学苦练，他的焊接技术在一同进厂的同龄人当中名列前茅。

"独手焊侠"凤凰涅槃

一辆坦克的车体，由数百块装甲钢板焊接而成，长短焊缝多达 800 多条。当穿甲弹击中车体的时候，每平方厘米会产生数十吨到数百吨的高压，如果焊接不牢的话，这些焊缝就会成为最容易被撕裂的开口。可以说，焊接质量是坦克装甲强度的重要保障。作为厂里技术最好的焊接工人，卢仁峰专门负责焊接坦克的驾驶舱，这是坦克最关键也是最复杂的部位。几十年来，卢仁峰在焊接岗位上交出的一直是百分之百合格的产品，然而这些复杂的焊接产品，都是卢仁峰仅靠一只手完成的。

1986 年是卢仁峰进厂工作的第七年，一次意外险些断送了他多年的工作积累和美好前程。那天，卢仁峰正在机器旁量尺寸，左手往前一探，脚碰到了机器的开关，这个时候想抽出在机器中的左手已经来不及了。那一刻，卢仁峰并没有惊慌失措，而是冷静地叫同事送他去医院。

经过 24 小时的手术，手部神经部分损坏严重，手的功能基本上还是丧失了。住院的卢仁峰让他的妻子把书都搬到病房里来，病房成了他学习的图书室。在别人看来是难熬的时间却成了他学习充电的宝贵机会。一年的时间，卢仁峰看了三本和焊接技术有关的书籍，正好弥补了自己理论知识的不足。

考虑到实际情况，厂里准备调岗让他做库管员。"我能行，我一定能战胜自己，干回本行！"卢仁峰拒绝了组织上的照顾。"办法总比困难多"，这是卢仁峰的一句口头禅，也是他的行为准则。左手神经损坏严重，失去了知觉，辅助焊接时总容易被烫到。卢仁峰就做了个特制的加厚隔热手套，到冬天冷的时候，里头加一个手套，外边再加一个，在高温下焊接也不用担心会烫伤。

就在卢仁峰受伤后的第二年，包头市举办了一场技术比赛，卢仁峰主动向工会申请参加，手上的伤还没好，他就缠着绷带去参加了比赛，最终拿到了第九名。那次比赛结束后，卢仁峰觉得自己还可以继续干电焊工。不过，既然决定继续干这个岗位，就得想办法追上别人。为了跟上同事的进度，卢仁峰每天都在加练，强化基本功，他常常一蹲就是几个小时。起来后，牙齿都咬出了血，脸部肌肉酸痛，冷汗直冒。每次等他完成一天的"功课"时，厂房里早已空无一人。岁月不居，时节如流。单手焊接，卢仁峰一练就是五年，厚厚的手套磨破了四五副，他以超人的毅力，在与病痛的抗争中占据了上风，不但逐渐掌握了单手进行焊条电弧焊、氩弧焊等十几种焊接方法，更是完成了"短段逆向带压操作法""特种车辆焊接变形控制"等多项创新成果，一跃成为厂里、市里乃至整个兵器集团焊接技术的专家。

缝制坦克保护伞需要新人

卢仁峰性格温和，但是一教徒弟，就像变了一个人，无论是理论还是实践都要求严格。

为了提高徒弟们焊接手法的精确度，他总结出"强化基础训练法"，每带一名新徒弟，不管徒弟过去的基础如何，一年内每天必须进行 5 块板、30 根焊条的"定位点焊"，每点误差不得大于 0.5 毫米，不合格就推倒重来。

几年间，卢仁峰带出了 40 多名徒弟，个个都成了技术骨干。他带出的徒弟有"全国劳动模范""五一劳动奖章""全国技术能手"获得者、内蒙古第一机械集团有限公司高级技师王文山，有"全国技术能手""内蒙古劳动模范"、内蒙古第一机械集团有限公司高级技师翟兴刚，有"内蒙古自治区五一劳动奖章"获得者、内蒙古第一机械集团有限公司高级技师卢仁昌，有"兵器工业集团技术能手"付阿什等。此外，卢仁峰对焊接事业的深爱也感染了身边的人。在其影响下，他的爱人、弟弟、弟媳等家人共计 8 人干起了电焊工，其中 1 人获得"内蒙古自治区五一劳动奖章"，1 人获得"兵器工业集团技术能手"，2 人成为高级技师，4 人成为技师，他的家庭成为名副其实的"焊工之家"。

2011 年国家授予 50 家"技能大师工作室"，内蒙古有两家，其中一家就是第一机械集团有限公司的"卢仁峰技能大师工作室"。该工作室由卢仁峰牵头，聘请材料成型与控制专业领域工艺、技能兼职专家组成，围绕焊接、铸造、锻造等材料成型与控制专业、工种领域开展人才培养和技术攻关。

什么是工匠精神？卢仁峰有自己的理解："工匠要有一颗责任心，有一种敬业精神。当工人就当最优秀的工人，做焊工就要成为最有能力的专家。"卢仁峰这辈子经历的挫折重重，但他却执着地在焊接岗位上坚守 36 年，就像是一条焊缝一样，把他和国防工业牢牢连接在了一起，融入其中。对工作的责任感和使命感是卢仁峰追求的信仰，更是国之重器的力量之源，托起了伟大的中国梦。

● 学生感言

"当今智能化程度越来越高，锉、焊、磨这些手工技术还有存在的意义吗？钳工、焊工在加工制造中还能有一席之地吗？"面对一张张年轻的脸庞，卢仁峰的回答坚定而自信："任何先进技术都是手臂的延伸，无论科技如何发展都不能替代人们劳动的双手。"闻言，在场学子茅塞顿开，纷纷表示认同。如果说科学家是"做梦"的人，那么技术工人的职责就是把梦想变为现实。中国高精尖兵器的铸造，离不开卢仁峰这样的追梦人。在他们身上，学子们感受到为国铸剑的实干精神与匠心执着。

胡双钱：

一双钳工手托起航天梦

时间：2016 年 12 月 2 日
地点：上海信息技术学校

胡双钱，1960 年生，上海飞机制造有限公司首席钳工、高级技师，曾先后获得 2002 年上海市质量金奖，2009 年"全国五一劳动奖章"，2010—2015 年"全国劳动模范"，2015 年"全国敬业奉献模范""感动上海年度十大人物""第十四届全国职工职业道德建设标兵个人""中央企业道德模范标兵""上海市劳模年度人物"，2016 年"中国质量奖提名奖""全国最美职工""上海工匠"等荣誉。

灰白板寸头，清癯国字脸，气质沉稳内敛，笑起来很亲切。这一切，是现身"大国工匠进校园"上海首场活动的高级技师胡双钱给学生带来的第一印象。当他将自己的经历娓娓道来，分享求学和工作故事时，这位传说中航空"手艺人"的形象在学生们心中渐渐立体了起来。

为中国航天事业奋斗数十载，胡双钱有太多的"高光时刻"——先后负责运 -10 飞机、MD-82 飞机、波音 737 飞机、空客 320 飞机、ARJ21 新支线飞机、C919 大型客机等飞机型号零件的研制生产任务，经手的几十万个零件没有出现过一个质量差错。潜心坚守三十余载，胡双钱用自己的坚守见证了中国民机产业坎坷起伏的发展历程，铸就了中国大飞机事业的脊梁，也给现场的莘莘学子以人生启迪。

责任：每一个零件，都关系到生命安全

在胡双钱的记忆中，飞机是童年最大的快乐。小时候为了看飞机，他总是从家步行两个多小时到机场附近，躲在跑道边的农田里看飞机起落。夏天被水沟边的蚊虫叮得满身是包，可是每次飞机从头顶上呼啸而过，心

里总有一种特别的满足感。他暗暗发誓，今后要当一名航空技术工人，造出世界一流的飞机。

长大后，胡双钱进入技校，有机会接触各式各样的飞机零部件。他乐坏了，在工具前跃跃欲试。老师告诫胡双钱说："学飞机制造，技术是次位，学做人是首位。干活，要凭良心。"这句话给懵懂的胡双钱敲响了警钟，他第一次意识到，做技工不仅仅是制造零件这么简单。飞机上的每个零件都关系着乘客的生命安全。确保产品质量，是自己最大的职责。

从此以后，胡双钱拉紧了心中的这根"弦"。一次，他按流程给一架大型飞机拧螺丝、上保险、安装外部零部件。"我每天睡前都喜欢'放电影'，想想今天做了什么，有没有做好。"那天回想工作，胡双钱对"上保险"这一环节感到不踏实。保险对螺丝起固定作用，确保飞机在空中飞行时，不会因震动过大导致螺丝松动。思前想后，还是放心不下。凌晨3点，他骑着自行车赶到单位，拆去层层外壳，直到保险标志醒目出现，一颗悬着的心才落了下来。自此，每做完一步，胡双钱都会定睛看几秒再进入下道工序，他说："再忙也不缺这几秒，质量最重要！"

那段日子带给他的，不仅仅是扎实的基本功，更重要的是使他懂得了飞机零件制造是飞行安全最基本的保障，绝不能出差错。就精度而言，99.99%和100%是天壤之别，是生与死的差别，容不得半点疏忽。从那时起，胡双钱始终秉持着精益求精的工匠精神，践行"一次做好，缺陷为零"的作业理念，正心诚意，刻苦钻研。

逐梦：中国人要造自己的"大飞机"

1980年，19岁的胡双钱从技校毕业，被分配到上海飞机制造厂。那一年恰逢运-10飞机首次试飞。这是中国在民用航空领域的第一次尝试，受到社会的广泛关注。首飞当天，巨大的发动机轰鸣声、举国欢庆的自豪

和荣耀深深震撼了年轻的胡双钱。

十年磨一剑，"大飞机"梦背后凝聚着无数人的心血。然而，喜悦还没散去，运-10的研制计划就终止了，工厂陷入了漫长的低谷期。那时候，厂门口停满了招聘技术能手的汽车，一家私营企业甚至给胡双钱开出了3倍工资的高薪。他心底有一个声音在回响："将来总有一天，我们厂要造中国人自己的大飞机！"因为这份信念，他留了下来，陆续参与了中美合作组装麦道飞机和波音、空客飞机零部件的转包生产，在寂静中默默练就了一身过硬的本领。

2002年和2006年，我国ARJ21新支线飞机项目和C919大型客机项目先后立项，中国人的大飞机梦再次被点燃。

大飞机的制造让胡双钱又忙了起来，不仅要做各种各样形状各异的零件，有时还要临时救急。一次，生产中急需一个特殊零件，若是从原厂调配，需要数日，会严重影响整体进程。最终公司决定用钛合金毛坯临时加工一个，这个"烫手的山芋"扔给了胡双钱。该零件的价值高达百万，上面散布着36个大小不一的小孔，孔的精度要求是0.024毫米，还不到人头发丝的一半粗细。以往都是通过精密编程的数控车床加工精锻而成，如今只能依靠胡双钱的手工完成。这个高难度的任务，让胡双钱的额头沁出了一丝冷汗。他接手零件后，迅速冷静下来，反复对比零件和工装样板，采用不同尺寸的刀具逐级扩孔。"有些孔非常小，打孔的时候就要完全凭借手感。"一个小时后，胡双钱完成了零件的加工。直到零件一次性通过验收，送机安装，胡双钱悬着的心才放了下来。他的精湛技艺令在场所有人啧啧称奇，钦佩不已。

2015 年 11 月 2 日对于中国飞机制造业来说是具有里程碑意义的一天——C919 大型客机首次总装下线。胡双钱作为职工代表站在了最前列，看着红幕缓缓落下，崭新的 C919 大飞机出现在眼前，他激动得热泪盈眶。"特别想伸手摸一摸大飞机，那上面有我们亲手制作的零件。看到它，就好像看到了自己的孩子一样。"为了造出中国人自己的大飞机，他已经等待了整整 37 年。花甲之年的他，梦想终于实现。

传承：你要安得下心，耐得住寂寞

"回想我的人生，进厂工作参加运 -10，退休正好参加 C919。年龄允许的话，再干 10 年、20 年，为中国大飞机多做一点贡献。"如今，胡双钱选择了一种特殊的方式延续再干 30 年的豪情——将技艺毫无保留地传授给更多心怀大飞机梦的年轻人。

"制造业的工匠精神需要传承。"胡双钱表示，目前他所在的上海飞机制造有限公司已为民机发展建立起了一支肯学、肯干的技术工人梯队，"在我们中心，几乎所有班组长都已是'八零后'，甚至'九零后'。"

在大规模数控机床加工生产的今天，有人质疑手工的必要性。胡双钱意识到，这是个关键问题，不能跳过。他告诉年轻的工匠们，作为现代工业的桂冠，飞机制造在设计定型及各项试验的过程中，始终离不开特质车间。飞机零件加工最直接、最经济、最有效的手段，还是钳工的那双手，还是那台传统的铣钻床。"即使是生产高度自动化的波音和空客，也都保留着独当一面的手工工匠。"

在手把手带教的过程中，胡双钱发现年轻人毛躁粗心。当年老师在耳畔敲响的警钟余音未歇，必须再次敲响。怎么个"敲"法？一番思考之后，他发明了"反向验证法""对比复查法"等工作方法，总结成册，在车间推广。三十多年来，从工具改良到生产工艺创新，从技术持续改进到工序管理标准化管控，胡双钱不断总结经验，将质量合格率保持100%的秘诀变成可复制、可实践的方法，传授给后来者。"师父总是一两句话就把要点讲透，让我们'秒懂'。"谈起胡双钱这位"超人"师傅，徒弟们都赞叹不已。

如今，这个技术工人梯队正全身心投入中国民机所有机型的制造中，为中国民机的后续发展积累经验。

"你要安得下心，耐得住寂寞，守得住平凡，专心爱上自己的工作。相信任何一个努力过的人，都能成为大国工匠。"这是胡双钱对青年人的诚挚寄语。未来，他希望自己能和更多的年轻工匠们一起，踏踏实实地把每件平凡的事做好。

● 学生感言

大师走进了职校校园，走到了学生身边。面对面交流之后，那一双双劳动的手、一颗颗报国的心深深地打动了在场学生。"胡老师对待工作坚持不懈的精神令人感动。""他的故事让我更有信心了。只要努力，任何岗位都能做出成绩，职业院校的学生也可以走得很远。"上海信息技术学校的学生们纷纷吐露心声。学生们深切感受到大国工匠的精湛技艺和博大情怀，体悟到了工匠精神的真谛。

张冬伟：

在钢板上绣出"花朵"，在工作中找到自我

时间：2016 年 12 月 2 日
地点：上海信息技术学校

工匠小传

张冬伟，1981年生，沪东中华造船（集团）有限公司总装二部围护系统车间电焊二组班组长，高级技师，国产LNG船建造骨干工人，先后获得中央企业职业技能大赛焊工比赛铜奖、第二十届中国焊接博览会优秀焊工表演赛一等奖以及"中央企业技术能手""全国技术能手""全国职工职业道德建设标兵个人""全国五一劳动奖章候选人"等荣誉，参与编写多本专业指导书。

"八零后"的张冬伟看上去很年轻，身上透露出一股阳光般的气质，来到上海信息技术学校，很快就赢得学生们尊重与敬佩的目光。除了多项荣誉与奖项的"光环"，他参加"大国重器"——LNG船建造的特殊经历更引人注目。从最初差点半途而废的技校学生到如今能在钢板上"绣花"的能工巧匠，张冬伟在工作中寻梦、筑梦，找到并实现了自身的价值，他的经历带给学生们无穷的思考与启迪。

努力坚持，功夫不负有心人

出生于20世纪80年代的张冬伟和许多同龄人不一样，小时候，每次被问起理想时，伙伴们的回答都是考进重点高中、名牌大学，将来干一番大事，而他却答不上来。那时的他觉得未来还很遥远，不知道自己以后究竟能干什么。

初三毕业那年，张冬伟考入了沪东中华造船（集团）有限公司所属高级技工学校学习电焊专业。走进电焊教室，他才知道焊工是干什么的。不大的电焊教室里，焊枪与金属接触时发出的噪音响个不停，伴着刺眼的火花，让人头晕目眩。张冬伟学着老师的样子拿起焊枪，怎么也掌握不好焊接的速度：焊得太快，金属没有充分受热，焊出来的成品总有缺陷；焊得太慢，金属受热过度，又很容易被烧穿。那一刻，他开始有些怀疑自己的选择。

一连学了好几天，可张冬伟的技术还是没有明显的进步。每次看到老师能驾轻就熟地焊接出一件又一件完美的成品，而自己的作品却常常"惨不忍睹"，他觉得自己或许不是这块料，不由得产生了放弃的想法。

他回家征求父亲的意见，父亲什么也没有说，只是带他一起去钓鱼。父子二人屏息凝神地在河边坐了一个多小时，水面依然没有任何动静。父亲觉得那里大概没有鱼，就提前回去了，可他却坐在原地耐心等待，从上午坚持到下午，水面终于泛起了一圈圈涟漪。看着鱼儿不断地上钩，他忽然体会到了一种苦尽甘来的成就感。

张冬伟决定，既然选择了一件事，就要坚持下去直到成功。他重新走进电焊教室，虽然学习上还有许多困难要面对，但有老师在一旁不时地指点、鼓励，加上自己的毅力与努力，他在技术上渐渐有了突破，焊枪拿得越来越顺手，焊出来的成品也越来越像样，虽然有时难免还会出错，但他再也没有想过放弃。

"世上无难事，只怕有心人。"技校毕业时，张冬伟以优异的成绩被沪东造船（集团）有限公司录用，正式成为了一名焊工。

勤学苦练，向着目标走到头

正如父亲曾经对自己说过："靠手艺吃饭的人，学会了手艺以后，随便走到哪里都可以有饭吃。"成为一名工人对张冬伟而言意味着从此就能拥有稳定的工作与生活，但除此之外，他不知道自己今后的方向和目标在哪里。

张冬伟进厂后遇到的第一个师傅竟是他的学长秦毅，当时秦毅已是全国最年轻的焊接高级技师，他在张冬伟眼里仿佛浑身散发着偶像光环，他

高超的技术更让张冬伟佩服到几乎着迷。张冬伟心想，师傅和自己一样，都是从技校毕业的，师傅能做到的事，自己也应该做得到。于是，他坚定了要做好一名焊工的决心。

彼时公司正面临着一项前所未有的艰巨任务——承接 LNG 船的建造。LNG 船被称为"海上超级冷冻车"，要在零下 163 摄氏度的极低温环境下漂洋过海运送液化天然气，建造难度极高，以往仅有欧洲地区以及美国、日本等国的极少数船厂有能力建造。建造 LNG 船的电焊工序更是难上加难，被称为"在钢板上绣花"——LNG 船的殷瓦钢板内胆壁厚度是 0.7 毫米，相当于两层鸡蛋壳，焊工在焊接时不能让一滴汗水落在上面，也不能在钢板上留下任何手印，不然钢板就会生锈。因此，想要找到能够胜任这项工作的焊工，简直可以说是万里挑一。

担任 LNG 船焊接工集体培训选拔总教练的是秦毅，他常常告诫参加集训的焊工们："钢板上'绣花'当然难，但只要肯吃苦，就不难。只要下大功夫练就在殷瓦钢板上'绣花'的本领，就可以成为建造 LNG 船的电焊工。"

刚进厂不久的张冬伟也是参加集训的众多员工之一，骨子里不服输的他暗暗发誓一定要拿下参加建造 LNG 船的资格。集训中，他每天至少有七八个小时蹲在地上练习钢板的焊接技术，蹲久了难免头晕不已、眼冒金星，但只要看到别人还在练，他再累再难受也会默默咬紧牙关继续埋头苦练。为了尽快提高自己的技术，他整天"黏"在师傅身边观察师傅的一举一动，连最小的细节也不敢忽略，有时一看就是好几个小时，看得忘了吃饭、忘了下班，连梦里都是师傅的一招一式。为了能像师傅那样双手配合得恰到好处，他不仅在焊接的过程中反复练习寻找手感，有时在家里吃饭时也举着筷子在空中反复比画，惹得家人边学样边笑。

在最终的殷瓦焊接工技能考试上，张冬伟脱颖而出，顺利考取了殷瓦G证，其精湛的焊接技艺连外国考官都啧啧赞叹。这个进厂时间最短的小伙子光荣地成为一名LNG船的建造者，从此，他有了一个更明确的目标：要用自己的双手建造出真正的国产LNG船。

精益求精，钢上"绣花"创辉煌

虽然在开工前就已经听师傅说过建造LNG船是一项艰巨的任务，但走进工地的那一刻，张冬伟还是被眼前不计其数、大大小小的殷瓦钢板震撼了。一艘超级LNG船要用数百块各种形状的殷瓦钢板焊接而成，需要手工焊接的殷瓦钢板总长度约有14千米，焊接的工艺极其复杂烦琐，3米长的距离，走过去只需三四秒钟，但手工焊接却要花上两个多小时，焊完整艘船差不多得花一万个小时。为了保证钢板的密闭性与强度，焊接时不仅绝不允许在钢板上留下一点一滴的汗渍、污渍，对焊缝的大小、密度、平整度也都有严格的规定。如果说这样的焊接活好比在钢板上"绣花"，那么每一"针"都容不得丝毫差错。

张冬伟一"绣"就是15年，"绣"出了18艘LNG船，也"绣"出了一手绝活。每当电弧光一亮，他的心就会马上沉静下来；他的手上似乎有了动作的记忆，只要一拿起焊枪，所有的动作都如行云流水般一气呵成，转眼间在钢板上留下一道道光洁无瑕的焊缝，仿佛"绣"出了一朵朵耀眼的"花朵"。

张冬伟始终在努力探索更好的工作方法。为了掌握应对不同钢板的不同操作方法，他带领同事们一起"尝百草"——在每一种钢板上反复试验，调整操作焊枪的各种电流和角度，记录、比照各种参数。在他与同事们的努力下，"大鹏昊"号LNG船核心密闭舱殷瓦钢的焊接时间从36个月减少到18个月，船体载量从14.7万立方米扩大到17.4万立方米，实现了从"中国制造"到"中国智造"的华丽转变。

焊接完成后，还要经过密闭性试验，船体每个舱三十多千米的焊缝上不能有超过十个漏点，否则就要返工修补，再次检查会增加数百万元的成本。为了避免给单位带来经济损失，张冬伟对自己的要求很严格，不允许自己在焊接过程中出现哪怕一点细微的疏漏。他说，只有把每一次工作都当作考试，才能发挥出自己最好的水平。他和徒弟创下了船舱焊接零漏点的纪录，实现了日本、韩国和欧洲造船强国都不可能实现的目标。

如今的张冬伟已经小有名气，在职业道路上有了更多的选择。每当被问及将来会不会考虑改变方向时，他总会毫不犹豫地表示要把焊工一直做下去，因为他从这份工作中找到了自身的价值。"说句心里话，做焊工不容易，做一名好焊工更不容易，要整日捂着厚厚的工作服和滚烫的钢板、烟尘打交道。"张冬伟感慨道，"但每次看到自己参与建造的大船下水，那种油然而生的自豪感，便把工作时的辛苦抛到九霄云外了。"

● 学生感言

听完张冬伟的故事，学生们对如何实现自身价值有了新的认识与思考。每个人都渴望成功，唯有不放弃努力才能更靠近目标；每个人都会遇到困难与挑战，唯有迎难而上、愿意付出才能做成事，成就更好的自己。

宁允展:

研磨高铁组件，打造"中国名片"

时间：2017 年 4 月 21 日
地点：山东省青岛市黄岛区职业教育中心

工匠小传

宁允展，1972年生，中共党员，南车青岛四方机车车辆股份有限公司车辆钳工高级技师。2017年11月，宁允展获得第六届全国道德模范敬业奉献奖。2019年4月，中央宣传部、中央文明办、全国总工会在中国文明网向全社会公开发布宁允展等10位"最美职工"的先进事迹；12月，宁允展荣获交通运输部授予的"全国交通技术能手"称号。

2004年以来，中国高铁仅用十多年时间就实现了从追随到领跑的华丽跨越。这离不开无数高铁人的付出，也与青岛市一位扎根一线二十余年的工人息息相关，他就是高铁首席研磨师——宁允展。他是高铁首席研磨师，国内第一位从事高铁转向架"定位臂"研磨的工人，也是这道工序最高技能水平的代表，被同行称为"鼻祖"。从他和他的团队手中研磨的转向架装上了673列高速动车组，奔驰9亿多千米，相当于绕地球2万多圈。在他的推动下，中国高铁成为"一带一路"倡议以及"中国制造2025""走出去"等国家战略的先锋军，他让"中国制造"享誉国际，为实现中华民族伟大复兴的中国梦提速前行。活动现场，宁允展将研磨技术与焊接手法巧妙结合，亮出一段精彩的实操绝活，为师生们展示了他非同一般的人生。

实干：毫厘之间见"匠心"

宁允展出身工匠家庭，耳濡目染下，从小就喜欢捣鼓手艺活儿。8岁时，他制作的一艘木船让父亲第一次发现了他的工匠天赋。"当时别的小孩可能只是刻一个木船模型，但我是用木板把木船的整个结构全部做了出来，而且用钉子把各个部位都固定住。我父亲看了就觉得有点意思。所以

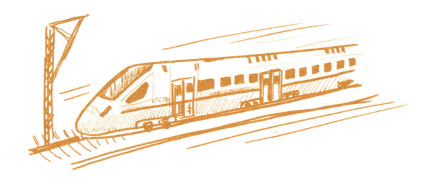

之后他也很支持我去铁路技校学习。"宁允展回忆道。

1991 年，19 岁的宁允展从铁路技校毕业，进入四方机车车辆厂（南车四方股份公司前身）从事车辆钳工工作，一干就是二十余年。

2004 年，中国南车四方股份公司开始由国外引进高速动车组技术。转向架是高速动车组九大关键技术之一，而转向架构架上的"定位臂"，则是转向架的核心部位。正是这个接触面不足 10 平方厘米的"定位臂"，一度成为高速动车组试制初期困扰转向架制造的巨大难题。高速动车组在运行时速达 200 多千米的情况下，定位臂的接触面要承受相当于二三十吨的重量，定位臂和轮对节点必须有 75% 以上的接触面间隙小于 0.05 毫米，否则会直接影响行车安全。

唯一可行的操作方法就是手工研磨。然而经过机器粗加工后的定位臂，留给人工研磨的空间只有 0.05 毫米左右，也就是一根头发丝的直径。工人们的工作，就是要在这细如发丝的空间里进行研磨，操作难度和压力可想而知。在当时，国内并没有可供借鉴的成熟操作技术经验，宁允展主动请缨，向这项难度极高的研磨技术发起挑战。打磨机以每秒 300 多转的转速高速旋转。磨小了，精度达不到要求；磨大了，动辄十几万的构架就会报废。

宁允展开始在车间潜心研究突破方法。对于追求完美的他来说，白天几个小时的学习远远不够。学不懂、学不透，实操时就无法达到工序要求。为此，宁允展买来车床、打磨机、电焊机和各种五金工具，下班后接着干，研磨、报废、再研磨、再尝试……凭借扎实的基本功和夜以继日的努力，仅仅一周，宁允展就攻破了这项外方熟练工人须花费数月才能掌握的技术。

同事曾这样评价他的工作能力："（误差）0.1毫米的工作，国内大概还有十几个人能干；到了0.05毫米，别人都干不了，就只有宁允展能干。"

创造：摆脱生产瓶颈

在高速动车组进入大批量制造阶段后，外方的研磨方法已经不适应企业生产需要。宁允展将目光瞄向研磨工艺。他反复摸索，试验了近半年时间，发明了"风动砂轮纯手工研磨操作法"，采用分层、交错、叠加式研磨，将定位臂接触面织成了一张纹路细密、摩擦力超强的"网"。这一研磨法将研磨效率提高了一倍多，接触面的贴合率也从原来的75%提高到了90%以上，这项绝技被纳入工艺文件，应用到现场生产，使长期制约转向架批量制造的瓶颈难题得到破解，为高速动车组转向架高质量、高产量的生产做出了突出贡献。他研磨的定位臂，已经创造了连续十年无次品的纪录。在国内定位臂研磨领域，能够在0.05毫米的研磨空间里进行打磨作业的只有宁允展一人。

之后，"不满足"的宁允展又为自己购买了很多网课："经典机械设计原理""汽车原理"……他告诉记者，近些年接触的车型越来越多，所以多学习一点，多积累些经验，工作中就更容易触发解决问题的灵感。

在宁允展眼中，"高铁研磨"四个字就意味着高标准、严要求，这种要求鞭策他不断学习。正是因为有了千千万万个高铁人精益求精、不断学习的精神，中国高铁才能不断提速、不停奔腾。迄今为止，由宁允展等人手中研磨出的转向架，已经安装在了1500多列高铁列车上，行驶路程超过33亿千米。

钻研：探索企业创效之路

突破常规、寻找更好的方式方法解决问题，这是宁允展工作中始终如一的原则。

宁允展出身钳工，后来他自学了焊工、电工，成了高速列车转向架生产的"多面手"。转向架检修加工部位容易损伤，由于精度要求高，修复起来非常困难。而一个加工件动辄上万元。针对这一突出难题，在行业内没有先例可以参照的情况下，宁允展将自己的研磨技术和焊接手法巧妙结合，独立发明了一套"精加工表面缺陷焊修方法"，修复精度最高可达到0.01毫米，相当于一根细头发丝的五分之一粗细，能够有效还原加工部位，这一操作法被中国南车认定为集团级别的"绝招绝技"。而他利用空闲时间研究出的"折断丝攻、螺栓的堆焊取出"操作法，适用于所有螺纹孔的检修或者新造过程，适用于全部具有螺纹孔的产品，具有非常广泛的推广价值，这项在行业内被广泛认可的"绝招绝技"，成为解决相关难题的必备"武器"。

平凡中铸就伟大。宁允展善钻研、爱钻研的性格让他不断承接公司大量颇具实效性和针对性的生产制造攻关课题项目。当广州地铁6号线构架上二系空簧安装座1/4′ BSPP管座螺纹损伤，因无人员能修复构架即将面临报废时，宁允展自告奋勇，结合构架结构特点和螺纹孔缺陷类型，利用精湛的操作技能研究出了一套独特修复方案，该方法被纳入公司级"解决技术难题库"。

他主持的提升构架加工内腔铁屑一次性清除率、动车27°踏面清扫器座M12螺纹引头工装等课题频频获公司优秀攻关课题和技术革新课题奖项并被广泛推广应用。他设计制作的工装很多都用到了现场生产：动车组排风消音器、动车攻丝引头工装、动车定位臂螺纹引头定位工装、动车空簧孔防护、动车踏面清扫器座螺纹引头工装、制动夹钳开口销开劈工具、动车组刻打样冲组合与画线找正工装、地铁差压阀组焊工装……其中，"一种轨道车辆构架空簧孔防护装置""350公里速度等级克诺尔夹钳开口销开劈工具"两项发明通过专利审查，获得了国家专利；"一种转向架衬套退卸力判定装置"专利初审已通过。这些发明每年能为公司节约创效近300万元，为企业精益化发展做出了突出贡献。

宁允展有一句口头禅："工匠就是凭手艺吃饭。"2012年，他在家自费购买了车床、打磨机和电焊机，将家里三十多平方米的小院改造成了一个小"工厂"，成为他业余时间钻研新工装、发明新方法的第二厂房。小小的一间屋子，摆满了各种五金装备。每天下班之后，或是周六、周日，一有时间宁允展就钻进这个微缩版的小车间忙个不停。也是在这个小房间里，宁允展改造创新了不少新工装，很多现场实操无法解决的问题，就是在他下班后自己动手钻研的过程中找到了灵感。这个习惯，宁允展已经保持了十多年。

"我不是完人，但我的产品一定是完美的。做到这一点，需要一辈子踏踏实实做手艺。"一心一意做手艺，扎根一线二十余年，宁允展与很多人有着不同的追求。

如今，国内铁道线上飞奔的高速列车，近一半来自宁允展所在的南车青岛四方机车车辆股份有限公司。宁允展说，身为第一代"高铁工匠"，他的梦想就是自己研磨的高速列车走出国门，驰骋世界！

● 学生感言

敬业、精益、专注、创新，这是宁允展给人留下最深刻的印象。坚守梦想的过程中如何坚守初心？这是很多学生最为关心的问题。"您经常需要一连工作好几个小时不间断，还得注意力高度集中，会不会感到乏味或疲倦？"宁允展答道："只要热爱这份工作，不断追求技术的极致，相信每个人都会坚持下来。"对于大师的回答，许多学生表示"服气"："宁老师在研磨领域一坚持就是二十年，单单这一点就让我们非常感动，毕竟潜心琢磨研磨技术不是一件容易的事。"和大师互动后，现场掌声雷动，师生们争相与之合影留念。

方文墨：

无怨无悔为梦想，做最好的歼击机

时间：2017 年 4 月 26 日
地点：广东省深圳职业技术学院

工匠小传方文墨，1984 年生，辽宁沈阳人，中共党员，中国航空工业最年轻的首席技能专家、高级技师，中国航空工业集团下属沈阳飞机工业集团有限公司标准厂钳工，沈阳飞机工业集团有限公司方文墨班班长，方文墨劳模创新工作室、方文墨技能大师工作室、方文墨青年服务站创业人。曾获"全国五一劳动奖章""中国青年五四奖章""全国技术能手"、辽宁省和沈阳市"特等劳动模范"等二十多项殊荣；参加各级职业技能大赛并获奖五十余次；3 项技术成果获国家发明专利和实用新型专利；2019 年 4 月荣获全国"最美职工"称号。

高大的个子、利落的短发、鼻梁上架着一副黑框眼镜——"八零后"青年方文墨在深圳职业技术学院学生中间，看上去比他们大不了多少。谁能想到，他已是一名"年轻的老技工"，与飞机制造工业结缘二十载，从一名技术学校毕业生到国家级顶尖人才，这条职业道路上铭刻着他的理想与信念，也见证了他的成长与奋斗。

二十年来，方文墨怀着"做全国最好的歼击机钳工，做世界上最好的歼击机"的信念，孜孜不倦、精益求精地打造"中国制造"品牌，展现了"大国工匠""最美职工"的美好形象。面对学生们钦佩与赞赏的目光，方文墨讲述起自己的工匠青春，他追求理想的勇敢与执着、学艺道路上的勤奋与坚持深深打动了在场的青年学子，带给他们莫大的鼓励与启示。

选择：明明能上重点高中，却走了一条不同的路

方文墨小时候常常听祖辈讲起当年给日本 731 细菌部队做劳工的故事，印象最深的一句话便是"如果一个国家不够强大的话，那么所有的外

国侵略者都会对它产生威胁"，从那时起，他就在幼小的心灵里许下了一个愿望：长大了一定要做一个对国家有用的人。

方文墨的父母和祖辈都是沈阳飞机工业集团的职工，小时候他经常跟随父母去他们工作的地方。除了观察父母上班时干什么，更多的时候，小文墨在工场内就地取材寻找可以用来游戏的工具，比如用来打造飞机零部件的锉刀、正弦台、大理石平台，这些都是小文墨儿时的最爱。随着渐渐长大，对航空工艺的兴趣在方文墨心中一点一点生根发芽。

方文墨从小成绩优良，15 岁初中毕业时，以他的成绩完全可以考上省重点高中，但出于儿时的梦想与对飞机工艺的热爱，他选择了当地一所技工学校。就这样，这个怀揣航空强国梦的少年走上了一条与同龄人不一样的道路——想要成为一名歼击机钳工。

最初的新鲜感与兴奋劲过去之后，方文墨才发现钳工是一项很苦、很枯燥而且很累的活计，技校学生所需要做的是日复一日地拿锉刀在大大小小的铁块上反复进行切削。当时的他还不懂老师让他们这样做的目的，于是便想法子偷懒，悄悄找来几名车工、铣工替他完成任务，然后若无其事地把加工后的零件上交给老师。

"这个零件绝对不是你这种刚开始学习的学生能做出来的，这个不能交给我，你要回去重做！"在老师严厉的批评声中，方文墨终于明白做工来不得半点糊弄。走在校园的小路上，方文墨把投机取巧的想法抛到了九霄云外，他暗暗立下决心：一定要追逐梦想的机会，学好真本事，练出真水平！

磨炼：勤学苦练与"曲线救国"

技工学校下午 3 点多就放学了，每天走出校门时，方文墨都背着一个白色的帆布书包，里面装的不是篮球，不是游戏卡，而是几把锉刀和一些工量具。学校的操作实训时间有限，他就去母亲上班的地方补课。那个时候，方文墨身边的许多朋友，包括母亲的同事都常常用怀疑的目光打量他，因为他们从来没有见过一个学生这么刻苦。那段时间，方文墨见到了沈阳凌晨 4 点的太阳和半夜 12 点的路灯。他每天凌晨 4 点准时起床，到母亲单位练习到 8 点工人上班，下午 3 点之后再背着工量具到母亲单位苦练到半夜 12 点。

同样身为工匠的父亲对儿子的表现既满意又心疼，为了减少儿子来回奔波的时间，他特地在家里打制了一架钳工用的台虎钳以方便儿子随时练习。虽然不用再早出晚归，但方文墨依然起早贪黑勤学苦练，每一天天刚蒙蒙亮就走向台虎钳；每一个深夜，当整个城市都听不到一丁点嘈杂声时才依依不舍地收工。

经过三年的系统训练，方文墨以全班第一名的成绩毕业，被光荣地分配到沈阳飞机工业集团公司——这个他的祖辈与父辈奉献了一生的地方，实现了儿时的夙愿。

但是命运却给了这个踌躇满志的年轻人当头一棒：方文墨的初衷是做一名全国最好的钣击机钳工，然而却被分配到了制造香烟的卷烟机厂。他至今还记得在那段犹豫要不要继续追梦的日子里，师傅付红安的一句话照亮了他眼前的路："文墨，你要好好地干！只要干好了，什么单位都会用你的。"

方文墨决定"曲线救国"，在做好本职工作之余学习钳工的职业技能。

钳工车间里的学问非常大，仅靠自己之前的所学所练是远远不够的。一名好的技术工人必须做到"刀人合一"，不经过十年以上的钻研很难达到。在理想与现实的距离面前，方文墨并没有望而却步。单位里最难的活，他跟着师傅干；单位里工资最少的活，他跟着师傅干；单位里别人都不愿意干的活，他跟着师傅干。一开始是他在师傅的带领下干，到后来是他和师傅一起琢磨、探讨着干，最后是师傅看着他干。通过几年的学习和训练，方文墨终于得到了师傅的认可："文墨，你是一个做钳工最好的料！"

精进：不忘初心，做中国最好的钳工

如愿以偿成为一名钳工后，方文墨更坚定了要做中国最好的钳工、打造出中国最好的歼击机的信心。他深知知识就是生产力，便自学了沈阳航空航天大学的专科和本科课程。他把书本上的知识运用到工作实践中，自行制作刀、量、夹具100余把（件），改进刀、量、夹具近200把（件），改进工艺方法60项，改进设备2项，总结技术论文和先进操作法12篇，发现设计问题26个，还在实践中摸索出"望、闻、问、切"的钳工四步工作法和"粗、细、精"锉专门加工工艺。如今，这些方法与成果正在被越来越多的工友们应用到实际工作当中。

方文墨平时经常加工的零件一般是火柴盒大小，每个表面起码得锉修30下才能达到尺寸精度要求，每天要重复锉修动作8000多次。如果把他当钳工9年多锉修的长度连成一条直线，可以长达6000多千米，相当于进行了一次万里长征。这条"长征"之路上洒下过多少汗水，他早已不记得了。他把每一次艰苦的锉修都看作提高技艺的台阶，经过多年的精进，他设计制造的"定扭矩螺纹旋合器"可以将生产效率提高8倍，仅人工成本每年就能为企业节约一百多万元。他创造的"0.003毫米加工公差"被称为"文墨精度"，相当于头发丝的十五分之一粗细。29岁时，他被评聘为中国最年轻的首席技能专家。

在工作中，方文墨还练就了两项绝技：一项是纯靠感觉、不用眼睛就能完成飞机零件的装配；另一项是手工加工精密零件。练这样的绝技并不是为了炫技。在方文墨看来，飞机是一个由上万件零件组成的整体，如果一个零件出现问题，就要拆卸下来休整、检查，至少会使工期拖延数天，而如果无须拆卸，仅凭手感就能把问题零件加工合格的话，就能大大提高飞机制造的质量和效率。

方文墨还有一句名言："再好的车也上不了珠穆朗玛峰，还得靠你的双腿；再好的机器也有盲区，还是不如你的双手。"事实就是这样，虽然大多数制造工序都可以用机器完成，但总有几步关键的工序仍要靠纯手工加工。方文墨像钢琴家一样爱护双手，每天都要用温水泡手以便把茧子泡软泡掉；为了保证干活时手不抖，本来酒量了得的他毅然戒掉了喝酒的嗜好，甚至连喜爱的篮球也不碰了。每次遇到难活、急活，工段长总会把它交给方文墨。每次都能化险为夷、圆满完成任务的方文墨在领导和同事眼中，就是掌握着金刚钻的高手。

"不忘初心，做全国最好的钳工；继续前进，做世界上最好的歼击机"是方文墨送给青年学子的肺腑之言，也是他三十多年来无悔的赤子之心；是以身作则的榜样力量，也是大国工匠精神的真实写照。

● 学生感言

"不忘初心，做全国最好的钳工；继续前进，做世界上最好的歼击机"是方文墨的肺腑之言，这两句话凝聚着他三十多年来无悔的赤子之心。从方文墨身上，学生们看到了榜样力量，领略了大国工匠的风采，感受到了真正的工匠精神。

顾秋亮：

"蛟龙号"背后的匠心担当

时间：2017 年 6 月 16 日
地点：江苏省无锡机电高等职业技术学校

工匠小传

顾秋亮，1955年生，江苏无锡人，中国船舶重工集团公司第七〇二研究所水下工程研究开发部职工，"蛟龙号"深海载人潜水器首席装配钳工技师，"全国五一劳动奖章"获得者，先后获得"第十四届全国职工职业道德建设标兵个人""无锡市十大杰出技能技艺人才""江苏省技术能手""蛟龙号应用性海试先进个人""全国最美职工"等荣誉称号。

一身淡蓝色的工装，一副方框眼镜，六十多岁的顾秋亮看起来朴实而又亲切，他身上最特别的地方是他的一双手：和常人相比，他十指上的纹路稀少而模糊，有些地方乍一看断断续续。可就是这样一双手，曾经参与制造"蛟龙号"深海载人潜水器，担负起向世界展现中国科技实力的重任。

来到江苏省无锡机电高等职业技术学校，顾秋亮在学生面前回忆起自己四十多年来的工匠生涯，让青年学子看到了一名大国工匠对事业历久弥坚的追求与担当。

把事情做好，兴趣自然会来

进入中国船舶重工集团公司第七〇二研究所成为一名钳工时，顾秋亮才17岁，正是贪玩的年纪。在他看来，车间里各种颜色暗沉的工具、材料是那么单调乏味，师傅传授的操作方法是那么枯燥烦琐，让他怎么也静不下心来学习。

为此，他没少挨师傅的骂，可师傅越严厉他就越逆反，故意和师傅唱反调，干起活来慢吞吞、偷工减料，用师傅的话来说，简直就像一块"茅厕里的石头"——又臭又硬。直到有一天，忍无可忍的师傅把他叫到一边，用他从来没有听到过的严肃语气对他说："你这种态度，怎么可能把活干好呢？这样下去，没有人会要你干的。我带不了你，你还是另请高明吧。"听到师傅要把自己赶出去，顾秋亮慌了神，连连恳求师傅再给自己一次机会。他向师傅倾吐了藏在心里多时的话："我也想把活干好，可就是提不起兴趣，怎么办呢？"

师傅把顾秋亮带到操作台前，耐心地对他说："没有人天生会对什么事情有兴趣，所谓的兴趣不过是看到自己能做好一件事而产生的自信。只要你认真把事情做好，兴趣自然会来。"

从此，顾秋亮像变了一个人，在车窗旁郑重其事地握起工具，开始刻苦学艺，磨炼自己的心性。锉磨铁块是钳工的基本功，想要练好这项本领，第一关是把10厘米见方的大铁块用锉刀锉成长宽各为5毫米、每个角面厚薄均匀的铁片，这一项得花上好几个月的时间才能练成。顾秋亮生怕自己技不如人，主动加大了训练量，别人锉一块大铁块，他一共锉了十五六块，锉刀用断了几十把。他白天练，晚上下班后接着练，练得手臂酸胀，吃饭时连筷子都拿不住；在车床前站久了，双腿一阵阵发麻，每次离开车床前都要扶墙好久才能缓过来。如果把顾秋亮每天加班加点练习的时间加起来，他相当于比别人多出了几年的工作经验。

练习的时间长了，顾秋亮渐渐找到了干活的感觉，看到自己亲手打造出来的成品，自豪感油然而生。他终于理解了师傅的话："只要认真把事情做好，兴趣自然会来。"不知不觉中，他已经爱上了钳工的身份。

从"小钳工"到"顾两丝"

顾秋亮的技艺终于得到了师傅的认可，做出来的工件全部达到免检标准，然而他却没有想象中那样如释重负。在苦练技艺的这些日子里，他的目标早已从最初的让师傅满意变成了让自己满意，他希望自己在技艺上能有更大的进步。

有些和他年纪差不多的同事觉得，手艺只要能完成基本的工作任务就够用了，何必对自己要求这么高。但顾秋亮不这么想，他不满足于一辈子做一名默默无闻的小钳工，总想掌握更多的技能、修炼出更强的本事，希望有朝一日能在工作上挑起大梁。

为了实现这个愿望，顾秋亮一天也没有放松过对自己的磨炼。他把一块块铁板用手工逐渐锉薄，在铁板一层层变薄的过程中，用手不断捏捻搓摸。他笑称自己是在"和钢铁对话"，从中感知钢铁的厚薄，练成不用仪器测量也能凭手指的感觉估测出钢铁厚薄的本领。

顾秋亮的手指日益灵活，感觉日益精准、敏锐，把一块钢铁放进他的手里，他只需略微一看、一摸，就能把钢铁的厚度估计出个八九不离十。高兴之余，顾秋亮"惊恐"地发现——他的指纹不见了！原来，在日复一日摸捏钢铁的过程中，他生生把自己的指纹给"磨"掉了。

有了这样的基础，顾秋亮就能把金属表面打磨得又光滑又平整。钳工术语中有一个叫作"丝"的概念，一丝等于 0.01 毫米，差不多是一根头发丝的五分之一那么细，以"丝"为单位来计算所打磨的金属面平整度的误差是衡量一名钳工技艺水平的标准。顾秋亮无论打磨什么样的金属，误差总能恰到好处地控制在两丝以内，因此从一众钳工中脱颖而出，打遍全厂无敌手，同行对他的称呼从"小钳工"变成了"顾两丝"。

给"蛟龙号"装眼睛的人

2004 年，年近半百的顾秋亮迎来了一个光荣的任务：由我国研发的"蛟龙号"深海载人潜水器进入组装阶段，他被任命为装配组组长，带领同事们给潜水器载人舱安装观察窗。

观察窗被称为"潜水器的眼睛"，就像人的眼睛一样，观察窗是整个潜水器最"娇嫩"的地方，安装玻璃时不能使用金属仪器，因为如果玻璃与金属摩擦出一丝一毫的划痕，下海后，在巨大的水压下，观察舱就会漏水、破裂，直接危及潜水员的生命。更难的是，玻璃与载人舱的接触面要控制在 0.2 丝以内，也就是一根头发丝的五十分之一粗细，这意味着装配人员必须徒手完成这一超高精度的动作。

除了顾秋亮，没有人有足够的把握来做这件事，可即便是技艺高超的顾秋亮也不敢掉以轻心。在整个试验和装配的过程中，他每天钻研到凌晨，用自己的双手小心翼翼地打磨观察窗的玻璃；在安装玻璃时，他始终保持精神高度紧张，大气都不敢喘，眼睛都不敢眨，双手握着玻璃一寸一寸地在观察窗的位置贴合、推进，反复检查，最终圆满地完成了这项工序，为"蛟龙号"装上了一双炯炯有神、透亮好使的"大眼睛"。

2009 年，"蛟龙号"的海上试验拉开了序幕。顾秋亮尽管已经五十多岁，但在历时四年的试验历程中，他一次试验都不曾落下。与他并肩作战的大多是年轻的科研人员，提起这位亦师亦友的老顾同志，年轻人都直呼他绝对是个"拼命三郎"。

海上的天气阴晴不定，技术人员在甲板上干活，有时要在六十多摄氏度的高温中忍受烈日的暴晒，有时又要在连绵不绝的大雨中披着雨衣艰难前行。顾秋亮年龄最大，遇上恶劣天气，同事们都劝他不要勉强，可他每次必定冲在最前头。他身上的衣服总是湿的，不是被汗水浸透就是被雨水淋透，但从来没听他喊过一声苦一声累。遇到艰难的任务，他也总在第一时间挺身而出。"蛟龙号"内部的操作空间较小，每次需要爬进去检修时，他总是二话不说就往里钻，就连窄得只能伸进一只手的地方，他也拒绝了年轻同事的帮助，坚持亲自进去操作。

每一次下海试航，对于极度晕船的顾秋亮都像是一场"生死之战"。只要一上船，他几乎吃什么吐什么，有时一星期只吃一包方便面，但他从没有对任务说过半个"不"字。每一次下海，他都咬紧牙关和潜航员们在一起，观察、检测潜水器的每一步运行情况，警惕地查找潜水器可能存在的问题。再难受的时候，只要看到潜航员们充满关切与期待的目光，他的心中就像燃起了一团火："我不能辜负战友们把生命托付给我的信任！" 3000 米，5000 米，7000 米，随着潜水器下沉深度的不断增加，顾秋亮也在不断挑战着自己的极限。

顾秋亮的热情与拼劲感染了他身边的每个人，队里的年轻人个个以他为榜样，使出十二分的干劲，超前完成了一项又一项工作。"蛟龙号"的潜航员也感动地说："只要看到顾师傅在船上，我就无所畏惧、无比自信。"

● 学生感言

当今许多青年学子正面临着诸如理想与现实、人生目标与自身条件的矛盾之类的苦恼，从顾秋亮的故事中，他们得到了启发：想要成才，先把该做的事做好；想要担当重任，就不能畏惧挑战自己的极限，必须付出全身心的努力。大师是后辈学习的楷模，大师的精神品格感染、激励着后辈勇往直前、再创辉煌。

李志强：

"动力铁军" 打造最强航空动力

时间：2017 年 6 月 20 日
地点：辽宁职业学院

工匠小传

李志强，1964 年生，中国航发沈阳黎明航空发动机（集团）有限责任公司高级技师，公司特级技能师。李志强先后获得 2011 年国务院颁发的政府特殊津贴、辽宁省"五一奖章"，2012 年辽宁省劳动模范，2014 年全国"五一劳动奖章"，2015 年全国劳动模范，2017 年"盛京金牌工匠""辽宁工匠"等荣誉称号。2018 年 12 月，中央宣传部、退役军人事务部授予李志强"最美退役军人"称号。

2013 年 8 月，习近平总书记视察中国航发沈阳黎明航空发动机（集团）有限责任公司，他握着李志强的手语重心长地说："你们的工作很光荣，很重要！"这番话深深铭刻在李志强的心中，让他时刻感觉到自己肩负着重大的责任使命，不断激励着他为航空事业贡献智慧和力量。多年来，他亲手装配了 2000 多台次发动机，凭借坚毅精神一步步成长为全国劳动人民的典范和楷模。

今天，李志强来到活动现场，为学子们展示基础动作"打保险"。其娴熟的操作让在场学生目瞪口呆。"我的动作看上去很轻松，但谁也不知道，当初练功夫时我躲在被子里嗷嗷大哭的情景。"幽默的背后是李志强三十余载的辛勤付出，他为国防重点型号生产和研制做出了突出贡献。几十年的砥砺奋进中，他充分发挥一个"老兵"铁骨铮铮、血性满腔的钢铁豪情，在工作中态度严谨、细致入微、敬业奉献、勇于担当。

干航空是全家人的骄傲

在辽宁这片广袤的老工业基地上，诞生了一个又一个大型重工业企业。中国航发沈阳黎明航空发动机（集团）有限责任公司，是新中国航空涡轮

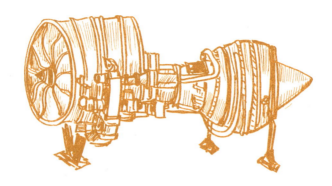

　　喷气发动机的摇篮，是共和国空中战鹰强劲动力的诞生之地。在这里，有一支在航空动力战线上的骁勇之师，多年来屡立战功，用无数的成就赢得了"动力铁军"的美誉。它就是久负盛名的"李志强班"，他们肩负着中国航空发动机总成装配任务，而班长李志强则是这支队伍的灵魂人物。

　　1983 年，19 岁的李志强从部队退伍。刚回到沈阳，他就一只脚迈进了公务员的行列——沈阳市公安局的面试顺利通过，准备去报到。可是，作为第一代航发人的父亲却语重心长地说："干航空发动机，不是一个人的光荣，是全家人的骄傲！"当过兵的人，都明白祖国重于泰山的道理。这语重心长的一句话让李志强放弃了令人羡慕的人民警察职业，走进工厂，成了一名航空工人，一干就是三十多年。

　　初到工厂，深受工厂第一代全国劳模马德有精神的感召，李志强立志要传承劳模精神。他每天都随身带着笔和小本子，追着老师傅的身后问这问那，想方设法利用一切机会学习。

　　当时的李志强虽然只有高中文化，但胸怀航空报国的志向，发奋学习，刻苦钻研。他不仅自学了机械装配的大部分课程，还参加了电大管理专业全部课程的学习，熟练掌握了多机种发动机的装配技能，练就了只要看到装配图纸就能将成千上万个散置的零件组装到一起的能力，很快就成为一名航空发动机装配的行家里手，被同行人称赞为发动机装配的"活图纸""活标准"。他总结技术要领撰写的论文《航空发动机管路装配工艺研究》成为新工人培训的教材。作为技术尖子和业务骨干，李志强于 1995

年接任总装班班长。

当上班长之后，李志强肩上的责任更重了，他将全部的精力都投入航空事业中，组织生产、培训徒弟、处理难题等，遇到紧急情况 24 小时连轴转也成了家常便饭，忙得就像一个陀螺。

就算雷区，也要闯一闯

每年年底，发动机总装工序都要面临几乎不可能完成的工作量。近年来，某重点型号交付更是出现了前所未有的困难。看着一个个因连续加班加点工作而疲惫不堪的同事，李志强暗暗下定了决心："一定要改变工作模式！"

就在这时，一个异常大胆的想法在他的脑海中出现了——能否实现接力作业？接力作业就是将有限的人员分组，从而实现长时间的接续生产。这个类似"倒班制"的办法看似寻常，几年前，却没有任何国家敢在航空发动机装配环节采用。原因很简单：一个由几万个零件组成的复杂机器，其装配过程的精密程度不亚于一台心脑外科手术，中途换人就相当于手术进行到一半的时候更换主刀医生，没有人敢保证中途易手之后的工作质量。

"就算是雷区，也要进去闯一闯！"艺高人胆大，李志强带领着自己的同事们开始了大胆的尝试。两年多内，他翻阅了大量的技术文件和资料，最后汇总整理出一份接力作业的实际操作报告，从提高团队工作效率、缩短装配周期入手，一方面将操作细化成 60 ～ 90 个工序，把每道工序控制在 5 ～ 15 分钟。这种标准化作业模式打破行规，实现了两班倒甚至三班倒的"倒班接力作业"，开创了国内航空发动机装配的先河，装配周期提高了 50% 以上。同时，根据班组员工的装配技能和熟练程度，合理进行人员搭配，通过发挥人员的比较优势，提升了班组中小团队的综合能力，大大地提高了装配效率，于 2013 年创造了连续 99 天完成全年任务量的行业奇迹。

二十多年来，他参与和直接完成的技术革新项目达 80 多项。2010 年牵头成立劳模工作室后，他积极调配人员、设备能力，凝聚技术、技能人才开展技术攻关活动。2014 年，劳模工作室被中国国防邮电工会命名为"李志强劳模工作室"，同年被中华全国总工会授予"全国示范性劳模创新工作室"。

他通过开展型号创新成果的研究和应用提升员工创新能力，相继攻克了"太行""昆仑"等国家重点型号航空发动机装配六大关键技术，实现工艺创新 126 项，自行研制工装工具 312 件，拉动各层次技术、生产骨干开展技术创新项目 32 项，申报发明专利 50 余项，开展技术攻关项目 106 项，先后解决科研装配技术难题 52 项。

凝心聚力，打造金牌班组

航空发动机对质量要求极为苛刻的特殊性，促使其制造过程绝不容许出现一丝一毫的马虎大意。如何保证协同进行、以手工操作为主的装配过程的完美？如何让团队实现合力最大化？

航空发动机装配需要一双双有力且灵敏的手。为了磨炼出这样的双手，李志强班狠抓班组技能训练。很多时候，其训练难度远远超过了装配的实际难度。比如训练开桥式吊车装配机匣，就在吊车钩上用绳子拴上一支笔，要求员工将笔缓缓送入啤酒瓶。长期下来，李志强班人人都练就了一身硬本领，人人都能独立完成整台发动机的总装，任意挑选出 4 人或者 3 人组成一个小组都可以熟练高效地完成合作装配。

李志强班还积极创造条件培训"最强大脑"，多年来持续开展全员参与的讨论会。职工们开动脑筋，集思广益，发明、总结了许多提升装配质量、促进装配提速的好手段。其中，推广管路校正与安装的"李志强操作法"，消除了发动机组件的装配瓶颈，采取了零件形迹管理、装配车防撞保护装置、接油盒搭板等手段，改进的工具被命名为"李志强"锁片钳、"李志强"刻刀，大大提高了装配效率。

此外，为扩大员工知识视野，李志强成立了班组读书会，采取专家讲学、现场辅导、打擂比武、案例剖析等形式，提高员工技术技能水平；建立员工操作能力星级评价制度，形成"比学赶超"的良性氛围；开展"传帮带"，实现以老带新、以多技能带单技能、以党员带群众，使班组成员取长补短、共同进步；坚持"代理班长"制度，提升员工的管理能力和集体荣誉感。

一系列团队建设的举措，培养造就了一批优秀的装配工人，凝聚成了一股强劲的力量。在李志强带领的班组成员中，目前拥有行业一级技能专家 1 名，二级技能专家 2 名，三级技能专家 3 名，技师以上人员 25 名，班组 90% 以上人员都能够在试车台进行总体排故操作。用职工自己的话说："只有人人都是李志强，才是名副其实的李志强班！"

一提到李志强，李志强的徒弟们就感觉特别温暖。李志强班值班班长温尚志说："师傅李志强像父亲一样，不仅在工作中无私传授给我们操作技巧，还教给我们什么是责任担当，更在生活中处处为我们着想。"值班班长张锐说："遇到艰巨的任务，师傅总会一个人默默承担，难活、苦活、累活总是冲在前面，攻克一个又一个难题，是我们最好的榜样。"

随着新军事浪潮的兴起和中国周边局势的复杂多变，中国航空工业快速崛起，国防事业迫切需要强劲的中国动力，航空发动机的需求数量激增。李志强班将继续行进在中国航空的追梦之路上，铭记"动力强军、科技报国"的使命，为航空动力事业做出新的贡献。

● **学生感言**

"就这么一个小小的动作，可能要花上很长一段时间才能够练会。我发现自己还有很多的知识需要学习，还有很长的路要走。在以后的生活和工作当中，我会以李老师为学习榜样，追求技艺的极致境界，将来为我国的制造业添砖加瓦！"面对大师一丝不苟的操作和演示，学生们认识到，练习技能是酸甜苦辣、喜怒哀乐并存的过程，没有一项本领可以一蹴而就。这份坚韧的精神将伴随他们今后的人生，给他们的灵魂注入榜样的力量。

李世峰：

两代人的航空梦想，一辈子的极致追求

时间：2019 年 5 月 11 日
地点：吉林工业职业技术学院

工匠小传

李世峰，1969年生，中共党员，中航工业西安飞机工业（集团）有限责任公司（下文简称西飞公司）钣金工、首席技术专家，高级技师，"李世峰技能大师工作室"带头人；参与多款重点型号飞机的研制与生产，承担了13项课题和攻关的首件制造；荣获"三秦工匠""西安十佳工匠之星"等称号和"陕西省五一劳动奖章"。

李世峰黝黑的脸上总是带着淳朴的笑容。这个生长在陕西秦岭大地上的西北汉子出生于航天世家，年少时目睹父辈为了祖国的航天事业艰苦奋斗，遂立下了同样的志向。三十多年来，他以自己在飞机制造业上的努力与执着践行了最初的理想。

面对吉林工业职业技术学院的青年学子，李世峰讲述了自己一波三折的追梦之路，令青年学子感慨万分。在实现理想的道路上遇到挫折该如何面对？当理想与现实发生冲撞时又该如何选择？李世峰用自己的行动为年轻人做出了榜样。

初出茅庐，偷师学艺

李世峰出生于航空世家，他的父亲年轻时为了支援祖国的三线建设背井离乡来到陕西秦岭深处，在以飞机厂闻名的西安阎良一待就是大半生。李世峰生长在阎良，他人生最初的记忆是每天只要一抬头就能看到飞机从飞机厂上空升起，驰骋在广阔无垠的蓝天上。那时，他最大的心愿就是能亲手摸一下在他眼中如流星一般飘忽不定的飞机。

18岁那一年，李世峰从技术学校毕业，怀着童年的梦想走进了西安飞机工业（集团）有限责任公司钣金总厂，立志学好技术，早日亲手制造出一架飞机。可没想到，学徒期还没满，就遇到了一件"不幸"的事：原本负责带教他的师傅出了工伤，不得不请长假。按照厂里的规定，学徒工如果实习期满后还不会独立操作，能不能留在厂里都是个问题。为此，李世峰辗转反侧、难以入眠，终于，他想出了一个办法。第二天，他找到厂里的一位老师傅，说自己可以做他的帮工，干什么活都行，不要一分钱的报酬，只要师傅愿意收留自己。从此，每天早晨，李世峰总是第一个来到车间，为师傅泡好一杯茶。师傅教徒弟干活时，李世峰就厚着脸皮凑过去听，还悄悄观察师傅的动作。车间休息的时候，别人都在一边闲聊，只有李世峰一个人埋头干活；下班后，别的工人三三两两相约逛街、打牌，他仍然留在车间里巩固白天学到的技能，临走时还会帮师傅把工作台收拾得干干净净。时间一长，师傅见李世峰虽然不是自己的徒弟，却比自己的徒弟更加卖力，打心眼里喜欢上了这个勤奋上进的小伙子，每次给徒弟上课时都会招呼李世峰过来一起听。

后来，李世峰又用同样的办法先后"拜"过好几个师傅，学得了一手博采众长的好本事。他还有一个"秘密训练基地"，就是工厂角落里的废弃工件堆。钣金工生产产品主要靠手工操作，难免会出现废件，其他工人每次把工件做坏了都一扔了事，李世峰却把别人扔掉的东西捡回来仔细观察，查图纸、翻资料，常常一琢磨就是一两个小时，大家都觉得他怪怪的，其实他是在分析别人出错的原因。这种"另类"的学习方法不仅使他避免了许多错误操作，还让他由此举一反三，创新了许多工艺方法。李世峰后来常常调侃自己："我是从废品堆里爬出来的高级技师。"

努力终有回报，李世峰不仅如愿留在了西飞公司，还在全公司青年职工技术比武中夺得了第二名的好成绩。有人专门跑来拜他为师，说跟着他能学到"集百家之大成"的本事。

重整旗鼓，千锤百炼

李世峰也曾遭遇过失败与挫折。有一次，他代表厂里参加全国钣金工技能大赛，由于当时工作繁忙，加上认为自己已经对操作技能非常熟悉，他没有参加比赛前的集训，没想到在比赛中第一轮就惨遭淘汰。这件事使他受到很大的打击，回到厂里，他感到没脸见人，看到认识的同事都低头绕着走，工作时间也总是躲在角落里一言不发。

就在李世峰觉得所有人都对他失望了的时候，一天，老厂长把他叫到办公室，把一张全国职工技能比武的推荐表放在他面前。李世峰本想推辞，老厂长却不容分说地拍拍他的肩膀，对他说："你好好准备。"

面对老厂长的信任，李世峰重新振作起了精神，又变回了当年那个不达目的誓不罢休的"拼命三郎"，一门心思想在下一场比赛中夺得名次，洗刷曾经的耻辱。他把自己关进了车间，没日没夜地苦练技能，陪伴他的除了几把跟随了他多年的榔头，只有车间里清冷的灯光。那一次，李世峰为单位捧回了"全国技术能手"的桂冠。

俗话说"能者多劳"。手艺精湛的李世峰承担了厂里最繁重、难度最高的工作——为战斗机打造零件，一架战斗机机身40%～70%的零件都出自他的手下。战斗机所用的材料和工艺都非常特殊，初步打造后，金属板会不可避免地发生不规则扭曲，越薄的材料变形得越厉害。李世峰的日常工作，是通过手工敲击，使弯曲变形的金属板恢复光滑平整的状态。这项工作考验的不仅是钣金工技术，更多的是耐心与毅力。

每一天，从早晨走进车间到晚上走出车间，中间除了吃饭、上厕所，李世峰几乎没有放下过榔头。金属板的每一条边都像一条歪歪扭扭的沟壑，每一个面上都似有一座座凹凸不平的小山，李世峰所要做的是用双臂的力量一下一下地敲击，把"沟壑"填平，把"小山"夷为平地。敲的

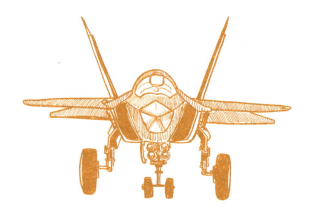

时间一长，他感到手酸臂痛，小小的榔头似有千斤重，但他依然咬牙坚持着。一下，两下，沉重的敲击声回荡在闷热的车间里；一百下，一千下，一颗颗滚烫的汗珠沿着金属板的边缘滑落……每一块金属板都要经过数万次的敲击，最终平整得如一张薄纸。

李世峰觉得，每一次敲击都像是在和金属板一起经受磨炼。在千锤百炼中，他了解了每一种金属的"脾性"，也炼就了吃苦耐劳、不急不躁的性格。

坚守西飞，不负初心

市场经济的滚滚洪流推动着社会的快速发展，李世峰的飞机梦也曾险些被打破。数年前，一家汽车生产企业在全国技术能手比赛中看中了李世峰的手艺，特地找了中间人牵线，想把李世峰"挖"过去为自己所用，开出的价格是李世峰当时在西飞公司的四倍。李世峰百感交集，当理想遇到现实，究竟该何去何从？

无意间抬起头，正巧有一架飞机从头顶飞过，李世峰忽然想起了小时后父亲对他讲的他们家千里迢迢来到西安的故事，还有父亲那句语重心长的话："世峰啊，国产飞机是中国的骄傲，你长大了也要去造飞机。"

回到西飞公司，李世峰做出了人生中最重要的一个决定：坚守西飞，忠于自己与父亲的航空梦，让更多更大的飞机从自己的双手之下飞上祖国的蓝天。

只要是能为西飞公司做出贡献的事，李世峰从不推辞。他代表公司做过全国大型课题——钛合金板材成型的应用研究，在屡次失败的情况下仍不轻言放弃。那段时间，他整天不是捧着失败的产品苦苦琢磨，就是在空无一人的厂房里冥思苦想，就连吃饭、睡前甚至上厕所时都在一刻不停地思索着怎样才能尽快突破技术难关。终于，他另辟蹊径完成了一项前所未有的技术创新，使西飞成为全国第一个完成此项课题的单位，还获得了国家专利。

每当公司需要的时候，李世峰总会在第一时间出现。一个寒冷的冬夜，公司生产的一架飞机出了故障，得知这架飞机第二天要接受国家和部队领导的检验，李世峰立马赶到公司，不假思索地攀上 78 米高的工作梯，在刺骨的寒风中仰着头、扭着身子，经过几个小时奋不顾身的艰险劳作，完美地排除了故障。从此，他成了西飞公司领导、同事眼中"神一般的存在"。

造了三十多年的飞机，李世峰最盼望的是国家举行大阅兵，每次他都会和家人一起早早守在电视机前。每当雄伟壮观的国产战斗机方阵飞过天安门广场时，他都会不由自主地热泪盈眶，心情激动得无以复加。那一刻，他觉得所有的苦和累、付出与牺牲都得到了最大的回报。

● **学生感言**

"工匠精神就是对极致永不停息的追求和努力，真正的高手，不是只在比赛中拿名次，而是永远在追求极致、突破极限的路上。"这是李世峰多年工匠生涯的感悟，如今，他把这句话送给了更年轻的一代人。青年学子纷纷表示愿意向大师学习，立报国之志，展事业追求，用自己的双手去实现自己的梦想。

匠艺求索

推动中国"智"造

魏红权：

"研磨大师"勇攀技能高峰

时间：2016 年 10 月 24 日
地点：湖北省武汉职业技术学院

工匠小传

魏红权，1968 年生，中国兵器武汉重型机床集团（下文简称武重集团）中小件加工厂钳工，高级技师；荣获"全国技术能手"、全国机械工业"突出贡献技师"、湖北省"优秀技师""首席技师"等称号，并当选中国兵器工业集团"首席技师"；武汉职业技术学院客座教授，享受国务院特殊津贴和湖北省政府专项津贴。

在由教育部、全国总工会等单位主办的"大国工匠进校园"湖北首场活动上，一位钳工师正在现场实操装配和研磨技术。只见他弯腰弓步，推动工件，均匀研磨。短短十几分钟，原本普通的零件表面像变魔术般变得平整光亮如镜，赢得了现场师生的同声赞叹。他就是中国兵器技师武重集团的魏红权。

坚守一线岗位三十余年来，魏红权先后参与 JZ6350 运载火箭项目、DL250 超重型数控卧式铣床项目、2 米超声速投放试验段及 CTS 试验设备等五十余项国家科技重大项目，创造直接经济效益数千万元，并主持装配军工领域的方位减速器、编码器和卫星监控雷达天线座、预警飞机的环状天线座、"长征五号"火箭底部壳体焊接专机等多项重大成套装备。他参与的"数控七轴五联动螺旋桨加工重型车铣复合机床"项目荣获国家科技进步二等奖。他为我国重型机床及国防装备建设做出了显著成绩，谱写了一曲新时代的劳动者之歌。

炼就一双"超精密机械手"

"他的手工研磨能达到什么精度？头发丝直径的七十分之一，远远超过机械设备！"说起"魏大师"，武重集团有限公司党总支书记田学涛一脸的钦佩。

如今年逾五十的魏红权个头不高，却有一双神奇的大手——铣刨磨钻、锉刮锯斩，都是拿手绝活。特别是他的手工研磨功夫，更是让人叹为观止。没有标尺，不用仪器，单凭手上力道，他就能感知零部件尺寸的细微变化。魏红权手工研磨的精度能达到0.001毫米，只有头发丝直径的五十分之一，这是数控机床都难以企及的精度。后来这套研磨操作法被武重集团郑重地命名为"魏红权操作法"。

精湛的手艺得益于17岁刚入行时的"魔鬼训练"。1985年魏红权从武重技校毕业，被分配到武汉重工厂从事钳工工作。参加工作后，他师从"全国劳动模范"余维明，苦练基本功，按照师傅教的操作方法反复练习：直径50毫米、厚度30毫米的金属锭，用锉刀锉成边长25毫米的等边六边形。每天锉八小时，三天才能完成一块。整整一个月，每天重复着同样的工作。最终，十块金属锭让他完全掌握了钳工工作的力道与手感。

魏红权说："'师父领进门，修行在个人'，要想尽快在专业技能上有所进益，仅依靠师傅是不够的，还得靠自己钻研。"领悟到这个道理后，他报名参加了各种进修班，还利用休息时间购买专业书籍。通过理论与实操相结合，他掌握了各项基本技能。如今，许多重要装备出厂前，魏红权的双手就是最后一道关口。他的"超精密机械手"是达到设计精度的最后保证。

由于长时间与金属部件、工具、机油打交道，魏红权的双手变得伤痕累累、粗糙而干燥。他告诉记者，研磨看上去很简单，其实手工加工对手感的力度和稳定性要求极高，必须准确把握一丝一毫的细微变化。在他看来，机器只是人的延伸。现在，机械设备加工仍无法达到精度要求，只有通过手工研磨来保证零件精度。在现代化的工业生产中，尽管大多数的零件都可以进行机械化生产，但是类似机床主轴等核心零部件因为数量少、加工精度高、难度大，只能依靠人工进行精准的手工研磨。"无论生产什么产品，人都是最核心的生产要素，没有一流的技工，就没有一流的产品。"魏红权说。

磨炼一个解决问题的"超强大脑"

作为首席技师，魏红权每天面对的都是形状各异的机械零部件。复杂零件在加工中一旦出现质量问题，他的任务就是综合分析，找出有效的解决方法，保证各种高精密加工的完美无缺。

魏红权在工作中常常能突破加工制造瓶颈，富于创新性地解决产品零件在生产制造中因设备精度无法达到设计要求的难题，在数控重型机床以及军品的制造中发挥有效作用。他主持试制了华工激光研发的多功能数控激光焊接切割复合加工机床，攻克了该设备在工作过程中其激光的传导为飞行传导、各激光聚焦部件的往复运行精度要求高、聚焦无误差的难题。该产品现已国产化批量生产，替代了进口产品。

2010 年，武重集团承接了某工程的加工项目，涉及世界前沿技术。由于核心运动部件的精度要求极高，加工难度非常大。"比如两个齿轮之间，要求几乎完全没有间隙，但齿轮咬合太紧很容易卡住，如何顺畅传送？解决好这个难题，要求齿轮间的正负误差不能超过 3 秒。"魏红权说。一般用"度"作为角度单位，1 度的六十分之一为 1 分，1 分的六十分之一为 1 秒，误差不超过 3 秒，难度可想而知。

魏红权认真分析核心运动部件图纸和工艺要求，反复推敲，从加工方法、测量手段到使用的各种工具都琢磨出一套完整的加工方案。为保证装配周期，减少干扰，他白天完成准备工作，晚上开始操作。经过不断尝试和小心翼翼地研磨，尺度精度和角度精度一点点向设计要求靠近，一周后，他终于啃下了这块"硬骨头"，产品达到设计要求，顺利通过检测。

三十多年来他一直奋战在生产一线，先后攻克了三百多台机床产品中某些综合精度易超差的质量难题，在国家"863"计划项目"重型船用螺旋桨加工七轴五联动车铣复合机床"中解决了主轴与滑枕导轨精度超差的难题，为我国重型机床及国防装备建设做出了显著成绩。

打开一片国际合作新视野

工作中，魏红权层层突破加工制造瓶颈，通过手工研磨弥补机床和军品在机械加工中的不足，被同事们称为"魏导师"。他先后提升两千余台机床产品的加工精度，创新性地解决了产品零件在精度控制中的难题，为重点、关键零件的质量把关。

20世纪90年代初，厂里承接中德合资企业28套汽车专用模具生产任务，产品包括复合多冲头模具、弯曲成形模具、冲压剪切模具等，模具板材厚度均为16毫米，要求使用寿命达万次以上。而当时中国存在技术难关，厂里多次召开专题会并讨论解决方案。魏红权大胆提出个人方案，经过进一步完善，反复进行模具装配试冲，终于攻克难关，圆满完成了项目生产任务。最终，模具获得了德国专家的高度肯定。

日复一日，魏红权苦练技术，练就了绝活，也练就了信心。他清楚地记得，2016年，武重集团与意大利某老牌重型机械生产企业合作生产一台重型镗床。当时核心部件由意方提供，当设备装配完成进入检测阶段时，魏红权发现设备精度达不到要求，问题出在意方的核心部件上。意方将其部件运回国内检修，但检修之后运到武重，其设备精度还是不合格。

这下意方技术人员火了，他们坚持认为自己的部件没问题，是检测仪器有问题才发生了"误判"。魏红权据理力争，用国际认可的先进检测仪器出具检测报告，意方才承认自己部件存在瑕疵。最终，魏红权用自己高超的技术修复了该部件，圆满交付了订单。

在工作中，魏红权看到了我国在装备制造行业与国际先进水平的差距，以及国内高技能人才的紧缺。"当年跟我一起进厂的120名工人，如今剩下不到40人。"魏红权说。为让关键技术得以传承，2014年，他将自己多年的加工技术进行总结，提炼成多套便于学习和操作的方法，在公司内部宣讲、推广。如今，五十多岁的魏红权已经收了十多个徒弟，建立了自己的"创新工作室"。

积年累月间，魏红权用一双机械手奉献于中国制造，将一项平凡的工作做到大匠境界，用实际行动诠释着中国的工匠精神。他说："工匠精神就是要追求完美，要对自己的职业有执着的追求，要有锲而不舍的精神，坚守岗位、努力奋斗，在平凡的岗位上做最好的自己。"

● 学生感言

"原来，创新并不是我们想象中的那么难、那么高大上。"听了魏红权的分享，同学们领悟颇多。"其实工作中一个很小的合理化建议、一个工序的改变就是创新，或者说，能提高产品质量、工作效率的小举措，都是一种创新。"他们惊喜地发现，只要改变常规的思维方式，从不同的角度思考工作中那些有待改进的细节，很多地方都可以成为创新的"题材"。在魏红权身上，他们不仅体会到勇攀技能高峰的执着精神，更理解了"创新"这个词丰富的内涵。

李桂平：
草根发明家，技术"火车头"

时间：2016 年 11 月 16 日
地点：广西壮族自治区柳州铁道职业技术学院

工匠小传

李桂平，1962 年生，1983 年参加工作，广西南宁机务段电气机车司机，全国铁路首席技师，"李桂平电力机车司机铁路技能大师工作室""李桂平劳模创新工作室"带头人；研发有十余项科研革新成果并取得国家专利，被评为"全国铁路劳动模范""全国技术能手""广西突出贡献高级技师""广西工匠"，荣获"五一劳动奖章"，享受国务院特殊津贴；2018 年荣登"中国好人榜"。

李桂平是伴着改革开放后日新月异的科学技术成长起来的新一代中国铁路司机，他为广西铁路事业奉献了自己的青春，亲历并见证了广西南宁线的变迁与发展，同时在南宁线上实现了事业上的突破与成功。

如南宁机务段段长所言："李桂平能有今天，殊为不易。是生产一线的摸爬滚打经历让他成长，具备了一名铁路人的担当。"来到柳州铁道职业技术学院，李桂平用自己从一名普通司机到"草根发明家"的成长经历告诉学子们成功之路没有坦途，只要有一颗奋斗的心，无论做什么都能有所创造、有所贡献。

与时代同行，从蒸汽机车到电力机车

20 世纪 80 年代，李桂平从原广西柳州铁路司机学校毕业后，被分配进入融安机务段，成为一名火车司机。在那个年代，火车司机的工作被称为"铁饭碗"，李桂平在融安机务段上一待就是十三年，就在他以为自己这辈子都会沿着这条熟悉的铁路按部就班地行驶时，习惯了十三年的工作模式突然被打破了：1996 年，因为铁路布局调整，融安机务段被撤销，李桂平和上百名同事被安排到南宁机务段工作。

初到南宁，因条件所限，李桂平和家人只能蜗居在机车整备厂边家属区的一间小平房里。比简陋的居住条件更让他头痛的，是当时南宁还在使用蒸汽机车，每天一开门，十几台蒸汽机车启动时掀起的热浪直往屋里扑。

登上蒸汽机车，李桂平才体会到蒸汽机车司机的艰辛。狭小逼仄的驾驶室里炉火熊熊、机声隆隆，闷热得简直让人窒息。司机满头大汗地操纵机车，司炉就在一旁光着膀子不时操起铁铲往火炉里添煤。

腾腾烟雾中，李桂平感受到了落后的技术给人带来的不便，他盼望能早日出现一项新的技术，把蒸汽机车司机从艰苦的劳动中解放出来。

不久后，电力机车投入使用，广西第一条电气化铁路——南昆线横空出世，李桂平成为铁路局第一代电力机车司机。焕然一新的操作空间里，他决心好好钻研与电力机车相关的技术，跟上时代的步伐。

那段时间，李桂平的工具包里总放着几本专业书籍，工间休息时，他总是全神贯注地看书，崭新的书没过多久就被他翻烂了；休假的日子里他也不在住所闲着，到处找工友讨论业务问题、交流驾驶经验。很快，李桂平就成了不折不扣的"电力机车通"。

几个月后的一天，李桂平所在的机务段上发生了两起因司乘人员错误操作而造成的设备烧毁事故，造成了约 50 万元的经济损失，这让车间主任一筹莫展。李桂平听说这一情况后，立马对车间主任立下了"军令状"："主任，相信我，我来解决这个问题。"

李桂平几个月来学到的一切终于有了用武之地，他带上所有的专业书籍和参考资料，在靠近工作场所的一间十来平方米的杂物间里"安营扎寨"。为了弄清设备的设计原理，他埋首于书堆中查阅大量资料；为了获取第一手资料，他一个月没回家，跟着机车跑了 5600 多千米；画一张电路图需要将近一星期的时间，他来回画了二十几张。不知费了多少心思，熬过了多少个不眠之夜，他终于研制出了"内、电机车通用型防逆电装置"，使电气机车

的故障率下降了98%，在一年内为机务段节省了一百多万元的经费。

领技术之先，从"电子菜鸟"到"草根发明家"

李桂平为单位解决了电力机车投入使用后的第一个难题，一下子成了单位里人人皆知的"技术大王"。然而首战告捷并没有带给他太多的喜悦，在研究电气机车新技术的过程中，他发现南宁铁路想要真正实现现代化，光有电力机车还不够，各项系统、设备都必须从里到外全面使用电子技术。但这又谈何容易？那时班组里最多的就是和他一样的老司机，一谈到新技术都摇头皱眉、望而却步。李桂平思考良久，决定从自己做起，带头学习电子技术。

李桂平在学校里从来没有接触过电子技术，可以说是个不折不扣的"电子菜鸟"。他搜集了一大堆电子方面的书籍准备自学，可这些书不比他以前看过的专业书，一翻开它们，密密麻麻的专业术语就让他眼花缭乱、几欲放弃，但只要一想到铁路，他便决心坚持，静心片刻后继续抱着书本一字一句地"啃"。

李桂平每天都要照常工作，只能利用不多的业余时间拼命学习，常常有工友向他投来异样的目光，觉得他纯属给自己找麻烦，也有工友打赌说他坚持不了多久，但李桂平用过人的毅力证明了自己的能力。他掌握了多项电子技术控制原理，而后频频亮出"大招"，陆续研发出十余项电力机车调控、保护装置和故障检测装置并获得国家专利，还先后开展了空调电源、机车电雨刷、高压连接器等配件的技术攻关工作。他不仅擅长创新发明，还是班组里的有心人。班组里的故障检测笔用起来不方便，他便把圆珠笔改装成电路故障检测笔，提高了工友们查找故障的效率；看到有的工友行车时控制不住打盹，他又发明了安全行车提示仪，为列车安全提供了保障。李桂平那一项项实用的发明不仅使南宁铁路段的行车事故不断减少，还创造了两千余万元的经济效益。同事们都叫他"草根发明家"，在他的影响下，越来越多的同事捧起了书本，钻研起了新的技术。

传工作经验，从自成一家到桃李满门

每次下班，李桂平都会戴上安全帽，拿着榔头和手电筒给机车与路段做例行"体检"。作为班组中专业知识最丰富的人，他义不容辞地承担了设备检修维护的任务。无论严寒酷暑，他总是一个人行走在钢轨与股道间，仔细检查每一颗螺丝、每一段高压线，在桑拿房般的仓库中与巨大的车轮"作战"，不放过每一处微小的问题；在夜间昏暗的灯光下来回于站场，巡视一节节车厢，一旦发现问题立马动手解决。当乘客们享受着舒适安全的行程时，没有人知道李桂平为此付出了多少精力与心血。

班组里新来的年轻人见李师傅如此敬业，也纷纷学着他的样子组队义务检修，还在检修的过程中相互交流技术，领导看在眼里喜在心里，借着李桂平被命名为"全路首席大师"的机会创建了"李桂平电力机车司机铁路技能大师工作室"，成立了一支科研团队，李桂平被任命为工作室负责人。

李桂平成了名副其实的"李师傅"，他把自己多年积累的经验毫无保留地传授给年轻人，工作室里常常传出他与年轻人讨论问题的声音，师徒之间你一言我一语，气氛既融洽又热烈；无数个夜晚，工作室窗口映出温暖的灯光，李师傅带领年轻人学习了一项又一项新兴技术，攻克了一道又一道技术难关，为集体创造了一笔又一笔宝贵财富。

除了工作室，机务段里处处都有李桂平的身影。有一批司机在等待晋升，他比司机们还认真，忙着对他们进行技术测试与辅导；有同事要参加电力机车技师考试，他比参加考试的人还紧张，一有空就拉着对方反复练习；铁路职工技能大赛开始了，他对这件事比参赛选手还上心，放弃了自己的休息时间与参赛选手一同备赛……同事们都说，李师傅是机务段里的"总教头"，每一名司机的"军功章"上都应该有他的一半。

"桃李不言，下自成蹊。"如今，李桂平门下的"弟子"越来越多，有的徒弟也带起了徒弟，班组里形成了浓厚的学习与竞争氛围，大伙儿你追我赶，乐此不疲。工作上，大家争先恐后又相帮互助，老职工主动带教新手，新手又常常和老职工分享创新的想法与做法。最让李桂平欣慰的是，在他的影响下，司机们在南宁机务段上感受到了学习与工作的乐趣，一个又一个技术能手、高级技师伴随着南宁铁路的发展诞生、成长。

● 学生感言

当今的青年学子生活在变化多端、迅速发展的新时代，比起知识，他们更需要懂得的是怎样成为一个不被时代淘汰的人。李桂平大师的经历告诉学子们：想要成为真正有用的人，就必须养成勤于钻研新生事物的学习意识与乐于动手动脑的创新意识，永远走在前进的路上。

管延安：

深海钳工零缝隙对接跨海隧道

时间：2017 年 4 月 25 日
地点：广东省深圳职业技术学院

工匠小传 管延安，1977 年生，山东潍坊人，先后参与了青岛北海船厂、前湾港等大型工程，港珠澳大桥等重大工程的建设，被评为港珠澳大桥"首席钳工"，港珠澳大桥岛隧工程"劳务之星""明星员工"，荣获第二届中国质量奖提名奖、"全国五一劳动奖章"及"第十四届全国职工职业道德建设标兵""大国工匠""最美职工""齐鲁最美职工"等荣誉称号，2015 年荣登"中国好人榜"。

在深圳职业技术学院一群朝气蓬勃的青年学子中间，"七零后"工匠管延安尤其显得老成持重，经年累月的劳作在他脸上留下了难以抹去的痕迹，也为他平添了丰富的阅历与荣誉。从一名农民工到大国工匠，管延安参与过我国多项重大建设工程，凭着坚定的信念与不懈的行动，他在为祖国争光的同时也向世人展现了中国工匠一丝不苟、追求极致的品质与作风。

领悟：从学霸到工匠，他学会了脚踏实地

管延安出生在山东潍坊的一个小村庄，父母兄弟都是农民，他原本可能像无数土生土长的农村孩子一样，长到一定的岁数就从父母手中接过锄头，延续世代面朝黄土背朝天的生活。18 岁时，在一次机缘巧合下，他去了青岛一家航修厂学习技术。临行前，父母再三嘱咐他："在外面学习也好，干活也好，都不能怕吃苦，要像种田一样脚踏实地。"

管延安牢牢记住了父母的话。在航修厂，他学做钳工和电器维修工，为了打磨出合格的零件，他经常下班后独自留在车间里钻研技术，渐渐掌

握了錾、削、钻、铰、攻等十八般武艺，零件打磨得又标准又精细，无人能比；为了掌握电器运行的原理和规律，无论走到哪儿他都带着一本专业书，别人休息、聊天的时候他总是默默在一旁看书、做题。虽然很快就出了徒，但他并没有放松对自己的要求，依旧孜孜不倦地学知识、学技术。懂的越多，他干起活来越得心应手，对学习的兴趣也就更浓了，成了一个不折不扣的"学霸"。

不过"学霸"也有失策的时候，有一件事让他至今记忆犹新。有一次，师傅让他去修理一台发电机，他曾经在书上看到过发电机的修理方法，于是凭记忆三下五除二地修好了发电机。

当他指着自己的劳动成果兴冲冲地向师傅邀功时，师傅命令他再检查一遍，他却不以为然，信誓旦旦地保证绝对不会有问题。谁知，发电机运行到一半时竟毫无预兆地烧坏了，简直让他无地自容。他把发电机拆开，才发现有一处故障之前被他忽略了，正是这个小小的细节使他所有的努力全白费了。

那件事使他真正明白了"脚踏实地"这四个字的含义。从此，他每干完一件活总要仔仔细细地检查三遍才算完成。他还准备了笔记本，每完成一项任务就记上一笔，工作中碰到的每个问题也都会及时记录在案，事后请教别人或是自己琢磨，再把解决问题的办法记下来。久而久之，他积累了七八本厚厚的笔记。

翻开管延安的笔记本，一条条记录、一行行文字就像一个个脚印，见证了他脚踏实地地行走在工匠之路上，从一名技术新手成长为熟练工人。从那时起，一丝不苟、把事情做到极致的工匠精神深深印刻在了他的心中。

行动：60 万颗螺丝钉连成世界级深海隧道

几年前，管延安经过层层选拔，被选入我国向世界级工程建设难题发

出的挑战——港珠澳大桥岛隧工程建设项目钳工组，随队来到千里之外南海之滨的珠海牛头岛，成为港珠澳大桥岛隧工程建设大军中的一员。

大桥的海底隧道由 33 条沉管连接而成，每条沉管标准长度为 180 米，水面积有十个篮球场之大。管延安所要做的是在深海中通过用扳手拧螺丝的方式把两节沉管精准地对接起来，在专业人士看来，其难度系数丝毫不亚于"神舟九号"与"天宫一号"的对接。

更难的是，为了保证沉管不渗水，两节沉管之间的缝隙必须小于一毫米，这样的标准只有手工操作才能达到，而且必须在深海中进行手工操作。

小于一毫米的缝隙光凭肉眼是看不出来的，只能靠手感去感知。为了练出这样的手感，管延安将宿舍搬到设备仓库附近，从早到晚不停地练习。他拧螺丝时从来不戴手套，因为一戴上手套手感就会变样。那段日子里，管延安手上的皮肤总是因为过度摩擦而红肿，甚至磨破了皮，每拧一下螺丝就会带来一阵钻心的疼痛；他的手腕因为活动过于频繁，常常酸痛到抬不起来，但他咬紧牙关，用心体会着掌心与手腕处传来的每一次感觉。经过数以万次的重复练习，他终于炼就了左右手拧螺丝均能达到缝隙不超过一毫米的高精准水平。

开始下水作业后，他更加认真负责。从第一节沉管到最后的第三十三节沉管，从拧过的第一颗螺丝到最后的第六十万颗螺丝，每一件设备、每一颗螺丝安装完后，他都要仔仔细细、反反复复地检查三五遍才放心。这样一来，平时半小时就能完成的工作，他要花上四五个小时，拧完所有的螺丝整整花了五年。原本的要求是沉管接合处的缝隙小于一毫米，管延安最终达到了零缝隙的境界，他因此被称为"深海钳工第一人"。

在管延安眼里，这样的"笨"功夫下得值，因为一旦海底隧道渗水，就会危及一千多名工友和未来无数通行者的生命，还会使国家的建设和声誉蒙受损失。

管延安说，他是在用感情建设珠港澳大桥。这座在滔滔海水中屹立不倒的大桥是他参加过的最重大的建设项目，也许是他工匠生涯中最大的荣耀。

信念：为国争光，擦亮新时代工匠名片

在参加珠港澳大桥建设的漫长五年中，管延安还立下许多功劳。港珠澳大桥深海隧道是中国自主研发的第一条深海隧道，起初遭到国外技术封堵，得不到任何参考资料与技术咨询。他第一时间响应团队"自给自足"的号召，与几百名工友为了工程拼搏奋战，从讨论方案到设计图纸，从实地考察到细节规划，不知经历了多少个连续工作的日日夜夜，终于攻破了技术难关，使大桥得以顺利开工。

开工后，管延安每天都从早上六点干到深夜十二点。每次两节沉管安装完毕后，他都要下去把辅助设备拆下来送到指定地方维修检测，以便用于下一次安装。未开通的隧道里闷热潮湿，有一段路是工具车不能通过的，他每次到了那里都二话不说跳下工具车，把设备拆下来后背在身上，再跑一段路送到工具车上，如此来来回回，常常一跑就是好几天。

无论是面对困难还是面对危险，他从来没有退缩过。有一次，工程队遇到特大风暴，海面上掀起了高达几米的海浪，管延安工作的位置离海边

很近，他一次次被风浪击倒，浑身沾满了泥水，但他每次都很快从地上爬起来继续工作，一步也没有后退。看到他这么勇敢这么拼，工友们深受震撼，风浪再大，谁都没有退场，使得原定的工作进度没有因为天气而耽误。

"工作能不能做好，关键在于思想"，这是管延安经常挂在嘴边的一句话。在他看来，要想成为一个合格的建设者，光靠勤学苦练掌握技能是不够的，还要有爱岗敬业的态度，更重要的是要有为国争光的思想境界。看着港珠澳大桥一点一点地建成，他感受到了当今中国蒸蒸日上的实力，他为自己是一个中国人、一个中国工匠而倍感自豪，为自己能参与如此宏大的国家工程、世纪工程而骄傲。

参与港珠澳大桥建设的经历还使他对工匠这一身份产生了新的思考，他认为如果没有技术创新，就不会有新的建设成果，所以一个真正的工匠不能只会照搬前人的技术，还应该学着创新技术。如今，已过不惑之年的他仍在不断地学习，在他工作的地方，厚厚的技术书籍摆了高高一摞。工作之余，他经常拿出自己过去的工作日志仔细琢磨研究，和年轻的工友一起探讨、改进自己二十多年来积累的技术要领。

最让管延安高兴的是，目前深中通道、大连湾海底隧道等重大工程项目即将上马，他将随时听从派遣，到祖国建设最需要的地方去，发扬工匠精神与工匠技能，把新时代工匠的名片擦得更亮，让新时代工匠的名声传得更远。

● 学生感言

　　管延安的经历让青年学子们明白了一个人的价值要通过他的所作所为来体现，只有将个人的作用发挥到极致，才能为国家、为社会创造更多的财富。今天的学子也是明天的工匠，无数个人的力量将汇聚成推动国家前进的强大动力。

罗东元：

从少年到白头，从初心到坚守

时间：2017 年 5 月 18 日
地点：四川工程职业技术学院

工匠小传

罗东元，1949年生，中共党员，曾任广东韶关钢铁集团有限公司（下文简称韶钢）主任工程师、高级技师，全国人大代表；荣获全国发明展览会银奖、中华技能大奖、国家经贸委科技成果三等奖、广东省重化厅科技进步二等奖、韶关市科技进步三等奖；两度获得国家专利，两度被评为"全国劳动模范"，被誉为新时期知识工人的杰出代表。

站在四川工程职业技术学院学生面前的罗东元已是一名年近七旬的老人，他把自己的一生都奉献给了祖国的铁路运输事业。从一名默默无闻的电工到享誉全国的高级技师、工程师，他凭着一股不服输的韧劲、一腔不怕苦的干劲，在大国工匠之路上越走越远，为后辈留下榜样的力量。

时间见证了罗东元不变的初心与坚守。跨越两个世纪，罗东元的工匠人生、工匠精神依然感动着如今的莘莘学子。

初心：当一名工人，哪里需要往哪去

与祖国同龄的罗东元亲历了祖国的变迁与发展：1968年，刚念了一年高中的他上山下乡，在当时条件十分艰苦的农村一待就是八个年头。在那段背井离乡的漫长日子里，他最大的乐趣便是步行好几里路到村头的路口去看火车，每当绿色的铁皮火车轰鸣着在铁轨上飞驰而过时，罗东元的心里总是仿佛升腾起一股强大的力量，他一直都很好奇火车是怎么造出来的、为什么能跑得这么快。他的另一个爱好是听收音机，那个能发出各种声音的金属盒子在他眼中同样充满了奥秘。火车和收音机为他在农村的单调生活增添了一抹亮色，也点燃了他对机械、仪器的兴趣。

1975 年，26 岁的罗东元通过招工进入了广东韶关钢铁集团。和他一起进厂的，大多是十六七岁的小伙子，26 岁对一名新手工人来讲已经算是"高龄"了。罗东元看到车间里的一群年轻后生无论是头脑还是体力都比自己厉害很多，也曾怀疑自己能不能胜任新的工作，但成为一名工人是他多年的夙愿，他实在舍不得放弃。于是，罗东元从一名普通电工做起，他决定放下"车间老大哥"的身份向工友学习，工作时间边干边学，下班后留在车间边学边干，一点一点地吸收知识、积累经验，没过多久他就赶上了别人，成为一名合格的电工。

后来，因为工作需要，罗东元换过好几次岗。别人在一个岗位上做熟了，都不愿意变动，罗东元却不在意，他觉得既然是在厂里做工，就应该服从厂里的安排，哪里需要往哪里去。他做过电工、铁路连接员、扳道员、货运员，每次面临新的挑战时总会拿出初进厂时不甘居人后的精神，凭着一股冲劲与韧劲孜孜不倦地学习业务、磨炼本领，无论在哪个岗位上都做得十分出色。工厂领导看在眼里，心里都暗暗为他点赞：有这种不怕吃苦的好学精神，这样的人日后必成大器。

罗东元发现许多工种在技术上都有相通的地方。为了能掌握更多技能，他还常常在工作之余到其他车间、工地上去观察、学习别人的操作技能。不管是烦琐复杂的钳工、管工，还是看起来又脏又累的焊工、油漆工，他都不放过任何一个尝试的机会，抢着帮别人干活。有人觉得他"不务正业"，他却总说技多不压身，多学一点真本事，以后不管在哪里都会有用。几年后，罗东元以电工的身份参加厂里的焊工操作考试，在上百名专业焊工中拿了第一名，当初笑他"不务正业"的工友们全都改了口："罗师傅学一样通一样，佩服！"

使命：为集体解忧，攻坚克难创奇迹

每当回忆起早年的苦学生涯，罗东元认为学习的目的不仅在于学会知识技能，更重要的是磨炼自己的头脑和意志，使自己不管遇到什么样的困难和挑战都不会感到害怕。

20世纪80年代，罗东元所在地区的铁路运输控制系统依然停留在人工阶段，机车工作效率低下，安全事故频发。罗东元看在眼里，急在心上，他明白想要改变这一现状，就必须借助现代化的机械控制技术，而想要学习现代化机械控制技术，就必须先掌握相关理论知识。

他通过各种渠道买来相关的专业书籍发奋攻读，一个个万籁俱寂的深夜，一个个晨曦将至的黎明，甚至就连吃饭、坐车、上厕所时，他都手不释卷，每一页洁白的书页上都留下了他汗渍印成的指模。

彼时，韶钢集团正在面临一项重大考验：之前集团派人外出学习铁路运输现代化技术的效果很不理想，但铁路部门要求通车的期限却又迫在眉睫。集团领导把所有的希望都寄托在了罗东元身上，当即决定以他为业务骨干，到广西柳州钢铁公司在两个半月的时间里学得现代化控制技术。

罗东元刚到柳钢就被当头泼了一盆冷水："你以为现代化技术这么好学？别说两个半月，就是两三年都不一定能学会。"他感到有些沮丧，但韶钢领导的嘱托又一次在他耳边响起："罗师傅，你是我们这个'草堆'里的'大老虎'，能不能救活韶钢就看你的了！"

罗东元的"虎劲"又上来了，他不顾一切地请求柳钢师傅把技术传授给他。白天，他像海绵吸水一样如饥似渴地拼命学习；夜晚，他在灯下复习，几乎每夜都熬到凌晨三四点。那段时间，因为用脑过度，他每天早晨起来都会看到满床全是自己掉落的头发，短短两个月，罗东元奇迹般地学会了师傅传授的所有技术，但他的体重却整整减轻了十二斤。

回到韶钢，罗东元立马开办培训班，亲自担任授课教师，把用心血与健康换来的知识技能毫无保留地传授给厂里的所有技术工人。工人们见罗师傅如此重视这项任务，谁也不好意思懈怠、抱怨，在最短的时间里圆满完成了技术培训，随即热火朝天地投入到生产建设中。在罗东元的带领和

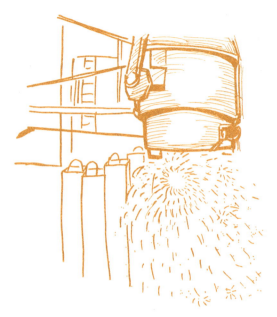

大家的共同努力下，韶钢铁路运输现代化从梦想变为了现实。当焕然一新的铁路信号系统被接通，火车伴着响亮的鸣笛声从铁轨上驶来时，罗东元激动得热泪盈眶，仿佛又回到了当年那个眺望火车的少年时代。

坚守：报栽培之恩，一生都是"韶钢人"

罗东元把最美好的年华奉献给了韶钢的铁路建设事业。三十多年来，他带领全厂完成大小技术革新项目一百二十多项，使韶钢的产量倍增，铁路年运量提高到原来的四倍，共计为集团节约投资一千四百多万元。他还创建了全国闻名的工矿企业运输电气控制"韶钢模式"，把"韶钢制造"这一原本名不见经传的品牌推向了全国各地。

罗东元在技术上出名后，各地的大公司争相高薪聘请他，并开出了解决住房和户口、为家属安排好工作等极富诱惑力的条件，但他始终不为所动。有一次，一家公司用比他当时的工资高出十倍的薪水请他去工作，他考虑再三，还是婉言谢绝了。在他心目中，是韶钢培养了他，给了他施展个人能力的机会和平台，他不能背叛"老东家"，愿意一辈子做个"韶钢人"。曾经有一家单位想用 15 万元买下他的技术革新成果，被他一口拒绝："这是韶钢的财富，我不能做对不起韶钢的事。"

随着年岁的增长，罗东元开始考虑自己日后的生活。已定居加拿大的母亲好几次专程回国劝说儿子和自己一同出国，和家人一起享受安逸的生活。然而，罗东元还是放不下韶钢，难以割舍自己热爱的事业，最终被说服的是他的母亲。白发苍苍的母亲带着遗憾和无奈独自返回加拿大，说自己这么多年来"为国家养了个儿子"。

眼看自己即将退休，罗东元在单位的帮助下成立了韶钢物流部罗东元创新工作室，先后带教四十多人。最让他自豪的，是他带出了一支能够自己设计、自己施工、自己维护检修的全能型铁路运输团队，这在全国是独一无二的。多年来，这支团队从未出过任何差错。他欣慰地说："等哪天我干不动了，他们个个都可以随时接手。"

比起传承自己的技术，罗东元更希望徒弟们能像自己当年一样养成勤学苦练的品质，学习、创造更多的新技术、新成果。他还希望徒弟们都能在这个纷纷扰扰的社会中坚守住自己的初心与使命，尽力为韶钢服务，为祖国的铁路事业服务，报效生养自己的土地与时代。

● **学生感言**

正如罗东元所说的那样，想要成为一名真正的大国工匠，对自己的工作必须要有发自内心的激情与恒久不变的向往。听了罗东元的讲述，学生们在立志学习他顽强拼搏、奋勇前进精神的同时，更被他忠于职守、无私奉献的高尚境界深深感染。

胡应华：

"新手菜鸟"练成"机械神手"，工匠精神照亮前进之路

时间：2017 年 5 月 18 日
地点：四川工程职业技术学院

工匠小传

　　胡应华，1955 年生，四川中江人，中共党员，曾任中国第二重型集团公司（下文简称二重公司）装配工段工段长、首席技能大师，高级技师，先后被评为"全国劳动模范""全国技术能手""中央企业劳动模范""中国机械联合会技能大师""四川省十大杰出技术能手"，荣获中华技能大奖，享受国务院政府特殊津贴，并创办了国家级、省级技能大师工作室。

　　从一名对工业技术一窍不通、无人问津的"菜鸟工人"，到各个国家、各大公司争相高薪聘请的"技术大咖"，胡应华凭借多年的努力实现了从最后一名到第一名的华丽蜕变。在胡应华作为中国第二重型集团公司技术工人的生涯中，他为公司创造了许多个"第一"：完成了第一项"交钥匙"工程，生产出第一台外贸机械设备、第一台中日合作的机器，打造出"世界第一大型模锻压机""亚洲第一锤"……

　　坚守"工匠精神"是胡应华成功的秘诀，就像他对四川工程职业技术学院学子的谆谆教导："没有一流的心性，就没有一流的技术。将一门技术掌握到炉火纯青，就能拥有一种改变世界的现实力量。"

锲而不舍的"钻头"精神

　　当胡应华还是四川省中江县一名不起眼的农村小木匠时，做梦也没有想到有朝一日会成为一名优秀的大国工匠。那一年，20 岁的他通过招工踏进了中国第二重型集团公司的大门，迎接他的是一个陌生、未知的世界。和农村生活的宁静与单调不同，工厂里形态各异、飞速运转的机器让他眼花缭乱，此起彼伏的轰鸣声使他心潮激荡却又忐忑不安。作为一名新手钳工，第一眼看到直径 60 厘米的水压机螺母时，胡应华仿佛面对一个庞然大物，惊讶得合不拢嘴。

在一群来自城里的工人中间，胡应华显得又木讷又笨拙。其貌不扬的外表、胆怯拘谨的举止使他几乎成了"透明人"，得不到一丝一毫关注的目光。在厂里组织的师徒见面会上，众多师傅在这批新进厂的工人中挑选徒弟，大家你争我抢，很快就一对一地结好了对子，单单剩下胡应华一个人。最后，他无奈地被分配给了一个从来没有带过徒弟的老工人。

为了能让师傅对自己有个好印象，胡应华暗暗发誓要把工作做得和别人一样好。然而，和他一同进厂的工友要么是科班出身，要么已有从业经验，一个"门外汉"想要赶上他们谈何容易？面对差距，胡应华立下决心，一定要干一行爱一行，做出点名堂来证明自己并不比别人差。

由于基础薄弱，一开始，胡应华干活总比别人慢，但他毫不气馁，下苦功夫钻研技术。每天早晨，他总是雷打不动地比工友们提前一个小时来到车间，利用开工前的时间练习基本功。偌大的车间里空无一人，只有机器转动的声音陪伴着埋首于工具、零件堆里的胡应华，他全神贯注地练习切割、打磨，有时连有人进来都没注意到。在工友们眼里，胡应华就像是一只不折不扣的先飞的"笨鸟"。

比起比别人付出更多时间来练习技艺的辛苦，更让胡应华头痛的是文化水平不高的他看不懂图纸，只得厚着脸皮到处找人求教。在其他人的眼里，那些都是很简单的问题，所以胡应华一开始常常会吃到闭门羹，但他并不介意，依旧带着满脸谦虚的笑容跟在别人身后讨教。时间一长，大家都渐渐喜欢上了这个认真踏实的小伙子，开始悉心地帮助他、指导他。

凭着一股锲而不舍的"钻"劲，胡应华的技艺突飞猛进，很快达到了一名熟练工的水平，但他仍然没有放松努力，依旧日日勤学苦练。三年后，在全厂的青年工人基本功比赛中，胡应华脱颖而出摘得桂冠，这个原本无人关注的年轻人成了全厂的明星。

勇于挑战的 "亮剑" 精神

胡应华虽然在技术上取得了一定的成绩，但在厂里的老师傅眼中，他依然是个经验尚浅的小工。有一次，厂里接到一项临时任务，要派团队前往南京汽车总厂安装 2500 吨热模锻压力机，这是二重公司承担的第一项 "交钥匙" 工程。眼看时间紧任务重，原来定好的富有经验的带队工人打起了退堂鼓，其他工人面面相觑，谁也不敢贸然出头。

谁知，胡应华曾经的师傅竟向厂领导推荐了他。他本想推辞，但转念一想，如果能把这项任务完成好，不就能让全厂对自己刮目相看了吗？于是，他勇敢地挺身而出，挑起了这个重担。虽然厂领导对让胡应华这样一名初级工人带队出征心里着实没底，但在别无选择的情况下，只得同意胡应华作为团队负责人和一批资格都比他老的师傅一起去南京。

在南京执行任务的日子里，胡应华频频亮出自己的绝活，他出色的工作能力很快就打消了师傅们对他的顾虑。为了早日完成任务，他使出浑身解数，夜以继日地钻研技术，摸索出一套能大大提升工作效率的操作方法，使师傅们连连赞叹后生可畏，心甘情愿地听他指挥，最后仅用了 20 天时间就圆满完成了预计 45 天的工程项目。

项目完成后，胡应华突然担心其中的一个零件尺寸有误差，小心翼翼地提出把装配好的机器重新拆开检查。师傅们二话不说就动起手来，一拆一装花费了整整两天时间，并没有发现问题，但没有人抱怨一句。师傅们都说，胡应华认为有必要做什么，就一定有他的道理。年纪轻轻的胡应华在工作中毫无保留地展现出自己的实力，赢得了一群无论是年纪还是资历都远胜于他的师傅们的信任与认可。

从此，胡应华更自信了，他乐此不疲地动脑创新，在解决一个又一个技术难题、直面一次又一次艰巨挑战的过程中从不畏惧表达自己的想法、施展自己的才干。厂里为国外一家企业生产的一款大轴承在运作时出现了

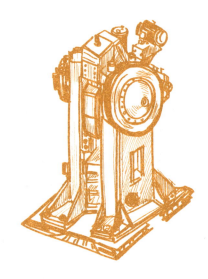

问题需要返修，外国专家建议把轴承切开后维修或重新购买整套设备，但无论哪种方法都会为厂里带来巨额经济损失。这时，胡应华出人意料地呈上了经过几天研究后自创的"土方法"，外国专家看后一口否定，但胡应华反复请求、保证："只要给我一个机会，我一定能还你们一台完好无损的设备。"他大胆布局、细心操作，不仅修好了设备，而且没有产生一分钱的额外成本，此举使他在厂里声名大振。后来，厂里还遇到过几次技术难关，每回都是胡应华主动请缨，不负众望地帮助厂里渡过难关，全厂上上下下都知道了他是个无坚不摧、战无不胜的"机械神手"。

忠于职守的"钉子"精神

无论是在当一名默默无闻的学徒工时，还是在成为闻名全厂的技术达人后，胡应华对自己的定位始终都是工作岗位上的一颗"螺丝钉"。就像他加工出来的无数零件都是机器的一部分，胡应华觉得自己是属于二重公司的一部分，过去是，现在是，将来也是。

胡应华常说，作为一名工人，他自认为对得起工厂，但对家人却有诸多亏欠。为了工作，他可以几天几夜"钉"在车间里不回家，夜里就在车床旁边打个地铺。他这辈子最大的遗憾是为了完成生产任务，身为家中独子的他连父亲的最后一面都没有见上。他永远忘不了当他接到命令要赶回厂时，病榻上的父亲那依依不舍的眼神。等到他完成任务匆匆赶回医院，父亲已经永远闭上了眼睛。直到现在，回忆起这件事，胡应华仍会忍不住落泪，但他并不后悔当时的决定。他说自己是家里的儿子，也是厂里的工人，大家比小家更重要。哪怕再让他重新选择一百次，他还是会像当初那样做。

如今的胡应华已年过六旬，虽然几年前就已正式退休，但为了满足厂里的需要，他接受了返聘，除了像以前一样做好技术工作，还成立了"胡应华大师工作室"，把更多的精力用于培养新一代技术工人。每当看到年轻工人如饥似渴的求知目光，他总会想起还有许多人得不到学习的机会，还有许多地方会遇到各种各样的技术问题。于是，他带领徒弟们把厂里遇到的技术问题和解决办法编写成书，希望能向全国推广，让后来人学到更多的经验，走最少的弯路，创造更多的财富。

胡应华常常告诉身边的年轻工人，他们赶上了最好的时代，国家越来越重视技术，产业工人无论是工作待遇还是社会地位都在不断提升，"工匠精神"已成为时代主流。只要本着一颗赤诚的匠心，肯学、肯干，每一名工人都能成为响当当的大国工匠，在平凡的岗位上做出不平凡的成就。

● **学生感言**

想要在一个岗位上做到极致，工匠精神是不可或缺的。什么样的精神才能称得上工匠精神？工匠精神是怎样炼成的？听完胡应华大师的讲述，学子们的心里渐渐明亮起来。胡应华的从业经历是工匠精神生动的写照，也向所有人展现了一名大国工匠最美好的形象。

赵郁：

身怀汽车绝技，挑战"不可能"

时间：2018 年 6 月 14 日
地点：北京电子科技职业学院

工匠小传

赵郁，1968 年生，汉族，中共党员，北京奔驰汽车有限公司首席技师，第十二届全国人大代表，全国示范性劳模创新工作室带头人，曾荣获"全国知识型职工优秀个人"、北京市政府特殊津贴、"北京市劳动模范""北京市有突出贡献高技能人才""全国技术能手""中华技能大奖""全国道德模范提名奖"，并于 2010 年、2015 年两度荣获"全国劳动模范"，享受国务院政府特殊津贴。

"更好地传承工匠精神，才能助推中国制造升级到中国精造、中国智造、中国创造。今天，很高兴能到北京电子科技职业学院，与在座的同学们一同分享我成为'大工匠'的故事。"6 月 14 日下午，"北京大工匠"称号获得者赵郁走进北京电子科技职业学院，与师生一起分享自己的成长经历。

近三十年间，这名勤奋的工匠一直立足于汽车装调本职岗位，在汽车综合检测与诊断、电器故障分析与排除等方面练就一身硬功夫。在此基础上，他还依托"赵郁创新工作室"大力推动技术改造、创新与人才培养工作。截至目前，他带领团队完成技术攻关项目 75 项，申报自主技术创新项目 259 项，为企业培养了一支高技能的汽车专业人才团队，累计创造经济效益两千余万元。其自主设计制作二十余项系列培训教具，大大降低了培训成本，填补了国内高端汽车装配及维修工种技能培训教具的空白，为中国汽车产业发展与汽车制造高技能人才的培养做出了突出贡献。

精湛技艺：挑战德国制造

首届"北京大工匠"之一、北京奔驰汽车有限公司首席技师赵郁是一名汽车装调"把关人"，他和团队用精湛的技术让每一辆经他们手的汽车都合格地交到车主手上。

装调工作，是确保汽车品质的一大核心，即使是 0.1 毫米的误差，也会为驾乘安全埋下巨大隐患。因此，自 1989 年入厂，赵郁就严格秉承着师傅"不做则已，做则至全"的教诲，始终坚持勤奋善学，对不断更新换代的车型性能均做到了如指掌，以扎实的理论功底和丰富的调试经验，实现了汽车电器故障的快速诊断和迅速排除。

2007 年，克莱斯勒 300C 新车投产任务迫在眉睫，部分试制车辆却仍是故障码频出。赵郁临危受命，依靠对车型性能的深刻理解，在研究分析诊断仪结果后，大胆否定了德国专家的推断，并在仔细察看线束插接孔后，发现其装配错误，最终解决问题，保证了新车如期上市发布，节省企业成本五百余万元。针对部分已出售车辆出现的 ESP 泵故障问题，赵郁创造性地向售后部门提出建立全国 4S 店虚拟诊断网的建议，并主动编写程序插件，使更新后的诊断仪远离主机仍可独立运算并读取，解决了急需刷写程序的危机，为公司赢得了良好的信誉。

随着汽车电子和自动控制等高新技术在汽车上的广泛应用，赵郁主动钻研汽车前沿技术，练就了一门"听声辨病"的维修绝技，通过多年的钻研、实战，成为业界公认的顶级技能大师。

2009 年，赵郁赴德国奔驰研发中心参与 E 级车的研发试制。在与德国同事共事的九个月里，他精湛的技术与严谨的工作态度得到了奔驰总部的高度肯定。2010 年，该车型在华投产时，德方派出各领域专家来华提供技术支持，赵郁所负责的电器诊断调试工作得以"独挑大梁"，在德

方专家充分信任下，由中方团队独立推动，彰显了中国汽车制造的强大实力。

智者创物：攻克技术难关

"精无止境"，秉承这一理念的赵郁却也深知，中国汽车工业的崛起，并不止于现有轨道上的不断精深，更在于创新。

2010 年，"赵郁创新工作室"成立。以戴姆勒生产体系为依托，赵郁带领团队在生产一线展开了一系列技术改造与创新工作，确保了新项目投产及快速爬坡。其自制的"C 车腰线保护工装"，将划伤概率从 8% 降至 1% 以下；自主设计研发的"购物料车"，大幅减少了人员走动浪费及人为错误，为北京奔驰精益生产树立了标杆；设计制作的"驾驶员气囊拆卸工具"，有效降低了调试下线返修率；自主总结开发的"奔驰电器故障点诊断辅助工具"，为生产调试现场提供了便捷而高效的汽车检测诊断手段，确保了一次下线合格率的长期平稳。

2015 年，北京奔驰插电式混合动力汽车 C350eL 进入工信部准入审核阶段，汽车硬件在环系统 HIL 及整车扭矩分配控制策略成为审核关键点。赵郁带领团队负责搭建基于 C350eL 整车网络电控单元台架及变速箱解剖。针对一系列"疑难杂症"，他反复拆装、解剖、组装，使得 C350eL 最终顺利通过工信部准入审核，令北京奔驰成为唯一一家一次性通过新能源汽车准入的合资公司。

传道授业：培养行业精英

以工作室为平台，赵郁更将传技带徒、绝技传承的大师精神发挥到了极致。为促进一线员工的技能水平整体提升，他提出了"实景教学——通过教具实训装配操作"理念，并付诸实践。2012 年，随着新车间投产运营，公司陆续招聘了几批一线蓝领员工，为了更好地使大家在短时间内了解、掌握产品知识，赵郁带领技师团队制作系列汽车剖解类教具，于是，每天晚上趴在桌上画草图，白天爬上车床切割加工制作，成了工作室里不变的节奏。经过几个月的"奋战"，大家一口气开发出了包括"北京奔驰汽车培训教具（车门、座椅、电器系统）""奔驰新 C 系车型剖视展示框架和变速箱培训教具""奔驰 C 系车型电器系统实验平台""奔驰 E 级车动力系统培训平台""奔驰前、后桥培训教具"等 17 项系列培训教具。汽车类教具在员工培训过程中的使用，填补了国内高端汽车装配及维修工种技能培训教具的空白，也极大地降低了企业培训成本，每年为企业节省外购教具费用近三百万元。

面对具备一定专业基础的汽车电器装调员工，赵郁带领技师团队开发出"奔驰 C 级电器系统试验平台项目""奔驰 E300L 电气、发动机、仪表系统仿真模拟演示平台"等教具。由于 CAN 总线协议属于奔驰最先进的技术，德方对此保密甚严。在很难获得相关技术资料的前提下，他与课题组成员一起，经过研究攻关、不断摸索，对德方支持团队实行"软磨硬泡"般请教，终于"功夫不负有心人"，攻克了部分模块的通信协议，使教具在脱离整车系统控制后仍能独立运行。他们付出的是辛勤的汗水，收获到的是甜蜜的成就感。

"对于汽车行业来说，在先进技术、制造工艺上，我们和西方发达国家还是有一定差距。"赵郁认为，汽车行业需要静下心来，充分认识到差距，用工匠精神来推动行业的发展。

● 学生感言

再次回到母校校园，与师生共同探讨工匠精神，赵郁非常激动，他说："带着'北京大工匠'的荣誉称号到学校演讲，既是我对学校的一份献礼，也是对我自己毕业后多年努力的肯定。"他又表示："我真的很荣幸。我们公司和北京电子科技职业学院有很密切的合作关系，能把我的经历分享给师生朋友们，对我而言很有意义。"

有学生在互动中说："以前是从电视上知道的赵郁老师，今天这位'大师哥'来到我们中间，特别接地气地和我们分享他的故事和经验。在交流中，他把书本上的知识和实际操作的案例结合分析，确实给了我很大的启发。他对工作的钻研精神和创新精神为我树立了榜样，这也是我今后学习和工作的目标。"

杨山巍：

世技赛金牌只是起点

时间：2018 年 11 月 28 日
地点：上海市奉贤中等专业学校

工匠小传

杨山巍，1997年生，四川资阳人，共青团员，上海市杨浦职业技术学校汽车专业2015届毕业生，现为上海汽车集团股份有限公司乘用车分公司制造工程部样板技师。

2017年10月19日，这是一个令"九零后"小伙子杨山巍终生难忘的夜晚。第44届世界技能大赛的颁奖仪式上，当主持人大声地喊出车身修理项目金牌获得者是"China Shanwei Yang"时，他的泪水夺眶而出。没有丝毫迟疑，他身披国旗飞奔至领奖台。"我胜利了！"接过奖牌的那一刻，他情不自禁地将所有的激动与紧张都呐喊了出来。那个夜晚，一连串"China"的呼喊声响彻阿联酋阿布扎比大赛闭幕式会场。在20岁的年纪，杨山巍代表中国工匠站上了世界之巅！

杨山巍实现了中国在世界技能大赛上车身修理项目金牌零的突破。从职校学生到实训教师，从世赛选手到样板技师，他用奋斗的青春演绎出当代青年技能人才的榜样。他用自己的亲身经历，分享了自己冠军之路的奋斗历程。第44届世界技能大赛车身修理项目冠军杨山巍走进校园，向"师弟师妹"们讲述了自己在"冠军征程"上的故事。师生代表两百余人聆听了杨山巍"冠军之路"的酸甜苦辣，共同感受了他逐梦之旅的辛苦和付出。

用"超五星"标准要求自己，才能获得"五星"评价

回首那辛苦备战的四百多个日夜，回首从步入杨浦职业技术学校后点滴成长的岁月，杨山巍觉得一切的付出都是值得的。他的心中充满了感激，为自己是一名光荣的中职生感到自豪。

杨山巍来自四川，从小学三年级开始跟随父母来到上海这座具有"魔都"之称的大城市上学。六年级时，他本来是要回老家读初中，后来父母

得知在上海读职校也可以，而且中本贯通后还有机会读大专、升本科，于是一家人心动了。

杨山巍心想："读书成绩比我好的人太多太多了，我爱动手实践，选择学技能或许也可以走出一条不一样的路。"所以在上海初中毕业后，他果断报考了杨浦职业技术学校。因为从小就很喜欢汽车，他便选择了汽车车身修复专业。

果然，因为他在动手能力上的小小特长以及对专业的喜爱，很快被选入了学校的集训队，并在2014年的全国职业院校技能大赛车身修复项目比赛中获得一等奖。从此，他与世界技能大赛结了缘。

俗话说"台上一分钟，台下十年功"，这句话用在世界技能大赛的训练上再贴切不过了。世界技能大赛被誉为职业技能界的"奥林匹克大会"，来自22个国家的选手同台竞技，除了来自职业院校的师生，更多的是世界顶尖企业的技能名师，竞争非常激烈。所以，世赛选手的训练强度不亚于奥运会运动员。集训期间，每天从早晨6点到晚上11点甚至更晚，除了吃饭，杨山巍都是在训练室中度过的。

把部件拆下，再完好无损地装上，训练有时枯燥无比，每天重复装配，周而复始。有时甚至还会体验到痛苦。"在训练焊接时，因为焊接板件厚度只有0.6～0.8毫米，非常非常薄，所以经常有火花烫穿衣服烫在皮肤上、鞋子里。被烫到了还不能马上停下来，要把这一条完整焊好才能停。好些时候等火花在皮肤上自然冷却，都能闻到肉被烫焦的气味。"

但他从没有想过放弃，只因为不想再留下遗憾——杨山巍曾是第43届世界技能大赛的备选选手，仅仅因为0.5分的差距，最终与那届大赛失之交臂。高手过招，差距只在毫厘之间。他也亲眼见证过学长们如何一步步从校园迈向世界技能大赛的舞台，深知0.5分中所饱含的汗水与艰辛。

"我们校长常说：'你用五星级的标准来做，可能得到的评价就是四星级；你用三星级的标准来做，得到的就是两星级。'"所以，虽然万分辛苦，杨山巍坚持用"超五星"的标准要求自己，将精品意识养成一种习惯，渗透到训练、比赛的方方面面。可以说，"永远比别人多一点"就是杨山巍成功的秘诀。他告诉记者，在车身焊接训练中，教练总是以国际标准要求大家：两个板件对缝要求精度误差在 2～3 毫米之间，但他对自己的要求是不能超过 1 毫米。门板修复一般用手摸、尺量，他用强光灯照在门板上，一点一点找不平；每一次简单的敲击，他都要反复练习上百遍，力求每次都能做到分毫不差。"有人觉得我对自己的要求近乎'病态'，但正是这份执着让我站上了最高领奖台。"

应对临场挑战，更要精益求精

世界技能大赛比的是职业技能，更是选手的职业素养。车身修理项目比赛的赛程有整整 4 天，累计比赛时间为 22 小时。这是对选手技术技能、体能耐力、心理素质、应变能力等方面综合实力的考验。

这一届大赛更为残酷的是有太多不确定性，赛题、赛程和赛场环境时刻都在发生变化。比赛期间的耗材、配件也多次发生变化，这对选手的比赛策略和赛场应变能力都提出了更高的要求，以至于本届大赛的车身修理项目最后只有杨山巍和来自瑞士、英国的各一名选手完成全部任务。

就在杨山巍备战做第三次完整流程模拟训练时，世赛组委会突然新增了一道题目——在汽车底盘上钻孔。可是，要在汽车底盘上练习钻孔谈何容易？底盘是汽车最坚固的部位，一般钻头根本钻不动；底盘位置不易接近，即使用升降机，人也只能歪着脑袋、斜侧着身体进入，况且还要抱着十几斤的钻机。

当天晚上，杨山巍立刻开始练习在汽车底盘上钻孔。然而，平时训练用的普通钻头根本钻不穿底盘，钻头一个接一个报废。于是教练团队向校企合作的上汽集团、江南造船厂、奔驰上海培训中心、日产 4S 店等行业专家寻求帮助，他尝试了最先进的超高强度钢钻头、含钴钻头、定位铣刀，终于成功实现底盘钻孔。

每一毫米的精耕细作，换来沉甸甸的收获

据不完全统计，集训期间，大训练磨损的各种钻头达三百多个，消耗的各种打磨片近千块。杨山巍感叹，所谓的匠人匠心就是不断精益求精，不断实现超越。每一轮训练，杨山巍都戴着面罩，抱着钻机，侧身在底盘下面用 6 个小时钻出一百多个孔。在狭小的空间内长时间保持同一姿势钻孔，腰痛得既站不直，也坐不下，但他都坚持了下来。

功夫不负有心人。本届比赛有两个板件对缝要求精度误差在 2～3 毫米之间，占分值 2 分，他最终拿到了关键的 1 分。看上去得分并不高，但在 22 位参赛选手中只有他一个人做到了。最终，杨山巍以总分领先第二名 3 分的绝对优势取得了金牌。"虽然只有 3 分之差，但那是在每个细节以 0.05 分为单位进行扣分的比赛中的 3 分啊！"杨山巍为自己感到骄傲。

金牌的偶然中存在着必然。正是平时打下的扎实基础，练下的过硬素质，让杨山巍走上了世界的领奖台。"如果说这枚金牌是镶嵌在王冠上的钻石，那我只是最后去采撷它的人。我很幸运，有许多人指引和帮助着我一步一个脚印地走在追求理想的道路上。这份荣誉属于每一个为了中国职业教育走向世界舞台，为了让每一个平凡的我们都能出彩发光的、默默奉献的人。"杨山巍谦虚地说。

　　"曾经，我以为汽修技师就是不断重复简单工艺；曾经，我也有过疑惑，粗糙低端的技能是否会被不断发展的科技淘汰？可一路走来，随着不断学习、不断磨砺，我越来越感受到中国汽车工业的强大，也越来越觉得，年轻的我是多么幸运，能够在这样的行业中开启职业道路，我的未来充满可能。想到这些，我的内心就澎湃着无穷的力量。"人们常说，一粒种子，只有深深地根植于沃土才能生机无限。金牌已成为过去，杨山巍把感恩之心化作行动，重新起步，开启新的职业生涯。

● 学生感言

　　没有华丽的舞台，没有花哨的设计，每一次"劳模·工匠进校园"活动就在这样质朴而真挚的叙述中进行，但劳模、工匠们为人、为学的经历总能涤荡年轻学子的心灵。

　　回顾自己的夺冠之路，杨山巍说，要感谢自己身后的那一支"钢铁团队"，夺金不是一个人的成功，而是一个大团队的成功。他鼓励同学们在国家重视技能人才、大力弘扬工匠精神的今天珍惜学习时光，珍惜学技术的机会。分享中，杨山巍还跟大家讲述了自己的"夺冠秘诀"，那就是要善于总结提升，及时发现问题并总结改正，胜过几十次埋头训练，要学会抬头看看前方的路。"技能沉淀需要漫长的积累，逐梦路上会很辛苦，要做的就是坚持、坚持、再坚持。"除了分享，杨山巍还和现场同学进行了精彩的互动，同学们纷纷就自己的问题与"世界冠军"面对面交流，杨山巍也结合自己的参赛经历提出了建议。在榜样的面前，同学们深受感动和启发，对工匠精神和自己的职业定位有了更加深入的理解，也进一步明确了学习方向，更清晰地规划前行的道路。

周家荣：

从股绳工人到技能大师

时间：2019 年 10 月 21 日
地点：贵州建设职业技术学院

工匠小传

周家荣，1968 年生，中共党员，1987 年 12 月参加工作，大专学历，贵州钢绳（集团）有限责任公司二分厂二钢绳车间工段长，国内钢丝绳制造高级技师，现为贵州钢绳股份有限公司国家级周家荣技能大师工作室负责人；2017 年 4 月 20 日，在贵州省第十二次党代表大会上被选举为十九大代表，现任贵州省总工会副主席；2002 年获"全国五一劳动奖章"，2010 年获"中华技能大奖"，2011 年享受国务院特殊津贴。

"不忘初心，砥砺前行，以劳模工匠精神抒写奋斗人生。"10 月 21 日下午，贵州省教育工会、有色冶金工会承办的"贵州劳模工匠进校园活动"在贵州建设职业技术学院举办，省总工会、省教育厅和贵州建设职业技术学院的相关领导和师生近五百人参加了活动，聆听劳模讲座。

活动现场，一位工匠大师穿着朴素、恭敬谦和，一言一行又无不透露出在钢绳生产技术领域的深厚造诣，他就是贵州钢绳股份有限公司国家级高级技师周家荣。1987—2000 年，他在股绳岗位上连续十三年超额完成生产任务，个人的产量、质量、安全、成本等各项经济技术均居于工段前列，原辅材料、修旧利废成本节约近二十万元，真正做到了优质、高产、低消耗。

善于钻研，成为一线技术骨干

对很多人来说，三十年也许是一个很长的时间概念，但对周家荣来说，虽然在贵州钢绳股份有限责任公司第二分厂（2000 年之前为贵州钢绳厂）工作了三十个年头，却仍然觉得时间过得飞快。

"也许是因为我太热爱这份工作，所以一直觉得时间不够用。"周家荣

说。由于周家荣的家就在贵州钢绳厂附近，从小目睹厂里繁忙的场景，这让他特别羡慕。"那时我最大的梦想就是能穿上制服。"每天看着来来往往的工人，周家荣心里想着：这个企业就是我要去的地方！

1987 年 12 月，19 岁的周家荣因家境贫寒辍学。经过努力，他以农转工身份进入贵州钢绳厂钢丝绳制造车间，成为一名合同制工人。

进厂后，周家荣就给自己找师傅，师傅却认为，拜不拜师不重要，重要的是他有没有自己的观察思考，有没有悟性。否则，即使师傅手把手地教，他也学不会。车间里有十几位师傅，个个都有绝活儿。周家荣跟每个师傅都学，把自己变成了十几位师傅共同的徒弟。

在几十米长的股绳机和钢丝绳合成机旁，一米多高的电接机显得小巧玲珑。周家荣将需要连接的两根钢丝分别固定在电接机的左右两块对接模块上，在两根钢丝接触的一刹那，电接机瞬间产生的高温将两根钢丝接触部位先融化，再利用压力使之连接在一起。周家荣动作连贯，一气呵成。不过，看似简单的操作背后，有着极高的技术要求。通过电接连成的新钢丝，相对母体钢丝（原来的两根钢丝）的质量会有一定差距。通常情况下，钢丝的接头部位质量要求达到母体钢丝质量的 20%，周家荣对自己的要求则是 60%。

为了练习技术，在刚进厂的几个月时间里，周家荣每天都比别人多干两三个小时，早晨早到一小时，晚上晚走两小时，加班加点地练技术。

立足本职，攻克高精尖技术难题

周家荣技术过硬、业务精湛，长期负责生产高附加值产品，能娴熟操作、维护、修理各种机器设备并提供技术指导，被称为"首席司机"。

2003 年初，公司确定开发模拉面接触产品。这在当时是一种钢绳中钢丝数量多、钢丝接触面大、破断拉力高、使用寿命长、技术含量很高的新产品。这个任务自然而然落到了周家荣肩上。接到任务后，周家荣率领开发团队通过一个月的实践，成功解决了 6T×36SW 股绳内层钢丝"骑马""钢丝断裂""模子选型"等一系列困扰公司产品开发的技术难题。

2007 年 9 月，他又组织班组成员确立了"解决 6×26SW 股绳内层钢丝'骑马'问题"这一 QC（质量控制）课题，成功解决了 6×26SW 股绳内层钢丝"骑马"的技术难题，拓展了公司产品市场空间，提高了公司产品的美誉度，为公司创造了数百万元的经济效益。

"周家荣技术出众，观察问题独到，动手能力强，他先后参与的 15 个批次累计 36 件特殊产品、重点产品、重要用途产品的生产，经技术质量部门检验全部合格，交付用户后未发生一起质量异议。"说起周家荣，贵州钢绳股份有限责任公司第二分厂厂长杨程充满信任和敬佩。

目前，由周家荣参与制作的产品广泛运用于虎门大桥、航天军用、高层建筑、桥梁等领域。此外，他还相继参与"神八""神九""神十""神十一"载人航天相关协作配套任务的研制建设，并积极参与国防及武器装备制造。2013 年，他成为劳动和社会保障部颁发的国家级周家荣技能大师工作室负责人，之后他积极组织工作室相关技术人员，认真抓好南极科考用超长钢丝绳、港口机械用钢丝绳、编织钢丝绳以及"神舟"飞船用钢丝绳、"辽宁"号航空母舰用钢丝绳、卫星用钢丝绳等一系列军工钢丝绳的研发生产。

此外，周家荣还起草了《一般用途钢丝绳》《飞船用不锈钢丝绳》《压实股钢丝绳》等三十多项国家标准、行业标准、军工标准和ISO2408《钢丝绳—条件》国际标准，填补了行业空白。

培养人才，独创课堂综合教学法

周家荣同志不但勤学好问、技术过硬，而且乐于助人，善于传授知识，成为车间新员工培训的首选师傅。周家荣同志曾多次担任股绳工培训的兼职教师，在培训过程中，他提出"实用与实践相结合"的教学原则，独创出一套"股绳工培训课堂＋实践"综合教学法，受到职工的一致好评，并在车间推广。

他积极参加车间开展的"师带徒"活动，将自己掌握的关键技术、核心技术毫不保留地传授给徒弟，主动为生产一线培养更多的技术人才。他主动请缨，担当了工段新招聘的八名职工的技术导师，在培训过程中，他手把手耐心传授技术重难点，发挥好技能传帮带作用。近年来，他先后在股绳工序培养了多名徒弟，所带徒弟全部能够提前达到上岗水平，并已成长为车间的技术骨干。其中，徒弟胡小平、周建生现已成长为高级技师、工段管理人员；徒弟梅建强于2007年获得贵州省"技术能手"；徒弟唐天喜已成为一线班长、公司技术能手、公司先进生产工作者；徒弟李荣仪多次获得（集团）公司党委表彰；徒弟张文军、孔令涛、周江来等已经成为车间、工序的高附加值产品生产司机。严师出高徒，周家荣同志得到了车间职工的普遍尊敬和赞扬，大家亲切地称他为车间技术人才培养的"多产教师"。2007年7月，在贵州省第四届有色冶金产业职工技能大赛上，周家荣同志所带的徒弟梅建强同志凭借过硬技术一路过关斩将，顺利夺得制绳工组技能大赛第一名，获得贵州省劳动和社会保障厅授予的"贵州省技术能手"称号。

"思想先进、作风优良、技能精湛、爱岗敬业、乐于奉献"，在徒弟梅建强看来，这简短的二十个字正是师傅周家荣的真实写照。现年48岁的梅建强从1993年跟着周家荣学艺，他说，周家荣能将自己掌握的关键技术、核心技术毫不保留地传授给徒弟，是车间新员工培训的首选师傅。

在荣誉面前，周家荣并没有就此满足。他深知，只有不断努力，持续学习，大力弘扬"工匠精神"，才能适应社会进步、企业发展步伐，才能真正成为一名知识技能型、复合技能型职工。周家荣出名后，有人开出高达四倍的年薪聘请他。周师傅却说："是工厂培育了我，我和我的家人都得到了工厂的关爱，几十年的时间，我工作在这里，生活在这里，这份感情不是金钱可以替代的。"

或许正是这份感恩的心，让周家荣实现了从一名普通工人到技能大师的华丽蜕变。

● 学生感言

获得"全国五一劳动奖章"荣誉的周家荣现场讲述自己的职业故事，在莘莘学子面前分享自己对工匠精神的理解，充分展示出大国工匠、高素质劳动者的形象。活动现场，周家荣还向在座学生赠送了书籍《以工匠精神抒写奋斗人生》。"能工巧匠专注工作的时候真是太帅了！"在场学子在工匠精神感染下，争相表达学做大国工匠、传承工匠精神的意愿。

陈丽芳：

巾帼不让须眉，锻造军工强国

时间：2019 年 10 月 25 日
地点：重庆女子职业高级中学

工
匠
小
传

陈丽芳，1981 年生，中共党员，毕业于中南大学金属材料工程专业，现任西南铝业（集团）有限责任公司锻造厂模压工艺主管工程师；2013 年荣获"重庆五一巾帼奖章""重庆五一劳动奖章""全国五一劳动奖章"，2014 年荣获"全国有色金属优秀青年科技者奖"，2015 年荣获"全国最美青工"称号，2016 年荣获"全国青年岗位能手"称号，2017 年荣获"中央企业青年先锋"称号，2018 年荣获"中国青年五四奖章"。

看似柔弱的陈丽芳其实是个地地道道的"花木兰"。她从事锻造工作已近二十年，凭借自己的坚韧与毅力，在号称"男人的天下"的模压班组从一名普通技术员成长为率领整个团队的核心技术骨干。作为一名大国工匠，她从不因为女性的身份而放松对自己的要求，总是冲在生产、研究的第一线，打破了一项又一项纪录并拿下多项专利。在重庆女子职业高级中学，陈丽芳的事迹让在场学生沉浸其中，令她们近距离感受到了榜样的力量。

无怨无悔走进新天地

二十多年前，当陈丽芳拿到中南大学金属材料工程专业录取通知书的那一刻，她做梦也没有想到会与这个专业结下一生的缘分。金属材料工程专业并不是陈丽芳的初衷，用她的话来说，得知自己被调剂到这个专业时，整个人都蒙了。

一开始，陈丽芳连什么叫金属材料都搞不清楚，学习了一段时间之后，她才渐渐发现金属材料与日常生活的关联：小到每家每户都用得着的铝合金窗框、刀具，制作艺术品的有色金属，大到体现国防实力的飞机、舰船……她这才明白她所学的是一个很有用的专业，发自内心地认可了它，立志要好好学习，将来在这方面做出一番贡献。

毕业那年，许多一线城市的大公司纷纷向这个国家双一流高校毕业生抛出橄榄枝，但陈丽芳最终却选择了坐落于重庆的西南铝业（集团）有限责任公司（下文简称西南铝业公司）。当时重庆的条件不如北、上、广等城市那么优越，促使陈丽芳做出这一选择的，是她在西南铝业公司实习时曾听人说起过的一句话："西南有个重量级国宝，不是大熊猫，而是万吨油压机。"陈丽芳还记得自己在观看国庆大阅兵的转播时，中国制造的大飞机、航空母舰让她目不暇接、赞叹不已，当她得知这些国防设施许多都是西南铝业公司的产品时，更加坚定了留在西南铝业公司、为国防军工事业贡献力量的决心。

和陈丽芳一起被分配到西南铝业公司锻造厂的一共有十名大学毕业生，其中只有她一个是女生，大家都觉得她应该被分配到比较轻松的岗位，然而等待她的却是全厂最艰苦的模压班组。一直以来，模压班组都被称为"男人的天下"，从走进模压班组的那一刻起，陈丽芳就把"娇骄"二字抛到了九霄云外。

锻模就是打铁，每天都要与高温、数据、油污打交道，陈丽芳没有了上下班、节假日的概念，她的手机终日不离身、不关机，无论是挥汗如雨的酷暑还是滴水成冰的寒冬，无论是结束了一天工作的夜晚还是天刚蒙蒙亮的凌晨，只要有任务，她准是第一个赶到。坚硬的加工设备磨粗了她柔嫩的手指，车间里飞扬的尘土侵蚀着她白皙的皮肤，日复一日，她青春的脸庞上少了几分娇羞与胆怯，添了些许坚毅与果敢。

陈丽芳越来越无悔当初的选择，或许在外人看来，她损失的是优越的环境、安逸的生活，但只有她自己知道，这份看似艰苦的工作承载着她的理想与追求，寄托着她对个人前途、对祖国未来的憧憬。

放下架子·适应新身份

陈丽芳也曾有过委屈与不甘，她至今刻骨铭心的一件事是初到厂时受命给刚锻造完的锻件打印标记。打印，就是对照生产卡片，把每一件产品的合金、批次、熔次、件号分别打在刚锻造完的锻件上。这样的工作看似简单，实际上很折磨人：每一件锻件的温度都高达三四百摄氏度，炎热的夏天，陈丽芳戴着厚厚的手套，一手拿钢印，一手拿锤子，把一个一个字母或数字敲打出来，不一会儿全身便被一层又一层的汗湿透了；一个锻件最多要打二十个印记，一个班次下来要打上千个印记，陈丽芳是独生女，在家从没做过重活，每天下班后双手双臂都酸痛不已，心里更是满腹委屈："我堂堂一个重点大学毕业的技术人才，为什么要做这么繁重又没有技术含量的事情？"她甚至觉得这是别人故意"欺负"自己。

有一次，陈丽芳因一时疏忽把印记打错了。师傅发现后，严厉地批评了她："印记是锻件的身份，哪怕错一个字符，这些锻件就要全部报废，这会给公司和企业带来多少损失你知道吗？"师傅的话在陈丽芳耳边久久回响，"让你打印，就是为让你尽快熟悉每一件产品、每一道生产工序。小事都做不好，又怎么能做大事呢？"

陈丽芳羞愧难当，她不再感到委屈，明白了师傅的良苦用心。从那天起，她再也不把自己当成天之骄子。她懂得了想要在新的领域里站稳脚跟，就得先放下所谓的"身价"，接受新的身份，一切从头学起。

陈丽芳不仅认认真真做好工作上的每一件小事，还千方百计找机会提升自己，把模压工艺枯燥的专业理论书籍吃了个透，光笔记就记了厚厚几十本。一有空，她就跑到生产现场与老师傅们探讨工艺，模压车间的师傅们身后多了一个爱问"为什么"的小姑娘。通过不断学习提升，她在工作中进步神速，从一名普通技术员很快成长为独当一面的模压工艺主管工程师。

攻坚克难创造新奇迹

陈丽芳一直是团队中的责任担当，哪里有困难，哪里就有她。在开发新一代国产大飞机用大型铝合金锻件的过程中，由于国外对中国实行技术封锁，完全没有任何技术参照，陈丽芳只能带领同事硬着头皮边试验边生产。为了真正把握数据的真实性，研制过程中，所有的工序、环节她都亲自参与，在弥漫着呛人的灰尘与金属气味的车间里同工人师傅们一道进行锻件的装炉等最基础的工作，成天冥思苦想试验中的细节，从睁眼到闭眼满脑子都是复杂的工艺参数，分析各种数据，调整试验方案。历经四年多时间，终于实现了多项关键技术的重大突破，成功研制出具有国际最新水平的特大型、高综合性能的自由锻件，填补了国内技术的空白，保障了国产大飞机研制任务的顺利推进。

2006 年，我国某型号航天超大型锻环科研项目进入停滞阶段，陈丽芳主动请缨参与研制任务，她的请求只有一句话："我想为祖国的航天事业做点贡献。"此后的五年，陈丽芳起早贪黑，和同事们一起经过了八十多次试验、二十余次工艺修改、一千二百多个取样分析，成功研制出国内首个超大型铝合金锻环。这一工具被称为"亚洲第一环"，为航天项目的顺利推进提供了起关键性作用的材料保障。

如今，陈丽芳最骄傲的时刻要数在电视屏幕上看到中国制造的航天工具徐徐升上天空之时，"长征"系列火箭、"神舟"系列飞船、"嫦娥"系列工程、国产大飞机等国家航空航天重点项目所用的材料无一不是陈丽芳与其团队智慧与汗水的结晶。近十年来，陈丽芳完成了国家急需产品的开发及攻关项目近八百项，攻克了多项自由锻件、锻环、模锻件产品的生产难关，解决了成型和性能等一系列关键问题，为企业创造了一千万元的经济效益。

面对名利，陈丽芳表现得谦和淡定。她总是把取得的成就归功于良好的合作团队和企业浓厚的钻研氛围。由于有多项专利在手，不少民营企业都想以优厚的条件聘请她，但都被她一一回绝。"每个人想要选择的生活不同，我真心热爱自己的工作，也为自己正在奋斗的事业感到自豪，坚持梦想才会真正实现自身的价值。"她如是说道。

陈丽芳的梦想，是制造出更多更高档的军工装备，用自己的双手锻造出中国国防事业的灿烂明天。

● 学生感言

"原来男人能做的事，女人一样能够做到！""女生也可以成为能工巧匠！"听完陈丽芳的故事，在场女学生们或若有所思，或豁然开朗。如今的女学生赶上了最好的时代，这个社会的分工早已超越了性别的界限，只要不畏艰难、不怕付出，每个人都能追逐自己的梦想、实现自己的价值。陈丽芳身上所体现的工匠精神是对新一代女性的鼓舞，更是一种值得代代相传的中国精神。

王俊：

不忘初心工人梦，砥砺前行创辉煌

时间：2019 年 11 月 23 日

地点：重庆市铜梁职业教育中心

王俊，1988 年生，中共党员，重庆市人，重庆通用工业集团有限责任公司机加工分厂高级车工，该集团最年轻的首席技师，重庆通用工业集团有限责任公司王俊首席技师工作室创始人；2013 年荣获"重庆市五一劳动奖章"，2016 年被授予"重庆市有突出贡献的青年专家"称号，2017 年荣获"重庆市第五届劳动模范"。

"八零后"小伙王俊戴着眼镜，脸上一副若有所思的表情，站在重庆市铜梁职业教育中心的主席台上，给人的感觉是质朴无华、默默无闻，与他"蓝领大师"的身份颇有几分相称。作为一名年轻的首席技师、劳动模范，荣誉、鲜花、掌声、领奖台……对王俊来说早已是常事，然而，最令他引以为豪的不是在聚光灯下享受别人崇拜的目光，而是从充满艰辛与磨砺的青春中一路走来，如今终于能把自己的成长经历分享给更年轻的人。

从出身农村的草根学徒到集团最年轻的技能大师，从成立以他的名字命名的工作室到被评为重庆市有突出贡献的青年专家，王俊用自己的智慧、勤奋和毅力，走出了一条光彩熠熠的"蓝领大师"之路。

学习：在迷茫中为自己寻求立身之本

王俊曾经有过一段迷茫的青春：初中时的他学习成绩并不出众，一度不知道自己将来究竟能干什么。一次偶然的机会，他听说有的高级技工能拿到十万年薪，于是便决定报考技术学校。王俊至今仍然清楚地记得进入技术学校第一天在学校文化墙上看到的一句话：家有万金不如一技在身。从此，这句话便深深烙印在了他的脑海中，成为一名工匠的想法也牢牢扎根在他的心中。

从技术学校毕业后，王俊才体会到进入社会的不易：第一份工作让他连续上了三个月的夜班，又苦又累，而收入完全没有想象中那么高。身边的同学坚持不下去，纷纷离开，王俊不由得开始怀疑工作的意义，又一次陷入深深的迷茫之中。

那段日子里，他读到比尔·盖茨的一句话：社会充满不公平现象，你先不要想去改造它，只能先适应它。他决定咬牙坚持，既为了能在社会上立足，也为了看清自己的价值。

作为学徒车工的王俊很快发现了自己和师傅的差距：当时他的刀具修模水平很差，同样的刀具师傅能用上两三天，可一到他手里却用不了一天就会断。王俊决定从学习修磨刀具的技术这件小事做起，几乎没有任何经验的他只能选择一个最笨的方法，就是下班后自学修磨刀具。第二天，下班时间刚过，他就一个人抱着十多把刀具一头扎进修磨车间，不吃不喝地钻研、试验，等带着一身疲惫出来时已是深夜十一二点，四周除他之外早已空无一人。

差不多坚持了一个多月，王俊的修磨刀具技术才有了明显的提高，单位里的领导和老师傅简直不敢相信一个初出茅庐的年轻人会有这样的手艺，他们发现了王俊的特长。这段经历让王俊明白了一个道理：当你感到迷茫时，就应该沉下心来学习，只有学习才能给予一个人真正的立身之本。

为了学习，王俊可以放弃生活上的任何享受。当他拿着不多的实习工资，每个月只有两百多元可以自由支配的时候，为了省下钱来学习技术，常常晚上只吃五毛钱一个的馒头；曾经有烟瘾的他连最便宜的烟都毫不犹豫地戒掉了。

领导十分看好这个勤奋而执着的年轻人，把他调到了重庆通用工业集团有限责任公司机加工分厂，对王俊而言，那里是一个更适合他发展的平台。新单位进了几台新的数控设备，王俊好学的劲头又上来了：他在车间里泡了好几个月，几乎翻烂了所有的说明书，不到四个月就能独立且熟练地操控公司最大的车床。凭借这一技能，王俊为单位赢得了引人注目的荣誉，在单位里越发受到重视，待遇也节节提升。

挑战：只要思想不滑坡，办法总比困难多

王俊并没有满足于眼前的进步，总在寻找机会接触更多新事物。刚进重庆通用工业集团没多久，集团就接到了一项艰巨的任务——开发国内最大的高温风机，核心部件风机主轴的加工任务落在了王俊所在的机加工分厂上。作为国内最大高温风机的主轴，产品的精度要求高、工艺难度大，不仅是王俊他们，就连全国都没有加工这种主轴的成功经验，但如果加工不合格，无论是从经济角度还是从交货期角度来说，损失都将非常巨大。"这么重的毛坯，别说按照精度指标要求加工了，就连怎么把它放到机床上去而不把机床压变形，都是个大难题。"已在公司工作二十二年的王俊的师傅愁眉苦脸地叹着气。

就在大家都一筹莫展的时候，王俊勇敢地站了出来："让我来吧！"在众人疑惑与惊异的眼神中，王俊走进风机主轴加工车间，拿起了图纸与工具。这项工作对他来讲无疑是一项前所未有的挑战，王俊反复揣摩工艺，向有经验的老师傅和技术人员请教。他聚精会神地聆听每一句回答，唯恐漏掉一字一句。哪怕只是旁人的只言片语，只要他觉得对加工有启发就如获至宝地记下来，再仔细咀嚼、认真思考，在博采众长的基础上探索工艺创新的办法。

功夫不负有心人，经过无数个日夜的奋战，王俊一一攻破了所有的技术难关，完美地完成了这项任务。他还为集团带来了意外的惊喜：改进了原有的主轴加工方法，使加工效率提高了20%以上，一举突破了集团一直以来的技术瓶颈，仅一年就至少为公司节约外委加工费用一百多万元。

"只要思想不滑坡，办法总比困难多"是王俊面对难题与挑战时说得最多的一句话。和王俊一起工作过的人都知道，不管遇到什么情况，只要有王俊在，他总能化险为夷。

有一次，车间要加工一个压缩机机壳，因为机壳太薄，无法用日常工作台固定。大家从来没有遇到过这样的问题，一时间谁也不知道该怎么办。最后，还是王俊灵机一动解决了难题：他仔细观察机壳后，发现了机壳上面有一个窗口，窗口上有几个螺丝孔；接着，他制作了一个工装设备，利用螺丝孔连接起来，让工装在机壳上生根。这样一来，机壳能够完全悬空，无须工作台固定，加工问题自然也就迎刃而解了。

定位：做一名永远不被淘汰的工匠

凭着过人的毅力与才干，王俊很快成为自己工作领域内的专家。就在此时，又一个重大考验降临到他的头上：集团的主打产品是大型离心式压缩机，属于国家重大技术装备，生产这一产品的程序极为复杂，对工艺技术要求极高，集团中能胜任该工作岗位的人极少。鉴于王俊出色的业务能力，集团决定派王俊到这个岗位上去。彼时，王俊在重型机床领域已经是车工技术带头人，到这个新岗位，不仅意味着要再当一回学徒，重新开始学习一项技术，还意味着他的收入将至少减少一半。

出人意料的是，王俊没有丝毫犹豫就答应了。"我觉得这个领域在未来更有发展前途。"这就是王俊愿意离开熟悉的岗位，"半路出家"再度接受挑战的理由。

对于工作，王俊有他独到的理解。过去人们常说国家工厂是"铁饭碗"，但他眼中的"铁饭碗"并不是指一个固定的工作岗位，而是拥有一项在任何地方都有用的技能，但社会在发展，时代在进步，任何手艺、技术都有可能被取代，只有不断学习新知识、新技术，不断给自己重新定位才能使自己永远不会被淘汰。因此，未知的领域对他来说就是来之不易的机遇。

在这些年的职业生涯中，让王俊印象最深的一件事是作为中国青年工匠代表之一参加在越南举行的第三届中越青年大联欢，越南人民的热烈欢迎与高度重视令他十分震撼。"我记得我们坐的是最豪华的大巴车，住的是最高档的酒店，全程配有翻译，我们到达任何会议地点都是警车开道。受到这样的待遇，我首先想到的是为我们国家感到骄傲，因为中国强起来了，中国人才会倍受尊重。"

王俊为自己是一名中国工匠深感自豪。工业强则国强，握着工具的手就是推动中国前进的手。无论在哪里，无论干什么，他都从未忘记自己做一名工匠的初心。他把最美好的青春奉献给了中国工业，在平凡的岗位上创造着属于自己的价值与精彩。

● 学生感言

很多学生都在王俊的故事中看到了自己。谁的青春不曾迷茫，但只要心中有梦，只要愿意付出努力与坚持，汗水滴落处就一定能开出绚烂的梦想之花。王俊的大国工匠之路鼓舞着青年学子不忘初心、砥砺前行。

匠行卓越

缔造行业传奇

王津：

喜欢就能干一辈子

时间：2016 年 11 月 16 日
地点：广西壮族自治区柳州铁道职业技术学院

工匠小传

　　王津，1961 年生，故宫文物修复师，从事钟表修复工作近四十年，陆续检修了两三百件钟表，修复总数占故宫钟表总数近三分之一。2016 年，他因纪录片《我在故宫修文物》为广大观众所熟知。2017 年 12 月 28 日，王津入选第五批国家级非物质文化遗产代表性项目代表性传承人推荐名单。2018 年 5 月 16 日，王津当选为第五批国家级非物质文化遗产代表性项目代表性传承人。

　　"《我在故宫修文物》里的钟表大师来我们学校啦！" 2016 年 11 月 16 日这天，柳州铁道职业技术学院的"大国工匠进校园"活动现场座无虚席，学生们盼望着看北京故宫博物院钟表修复师王津的分享。王津，故宫钟表修复师，国家级非物质文化遗产古代钟表修复技艺第三代传承人。他通过图片和视频的形式展示了古钟表修复的技艺、还原古钟表修复的成果，并接受了主持人的访谈，讲述了自己努力学习创新、技能报国的事迹和感悟，生动诠释了"工匠精神"的深刻内涵。"大国工匠"炉火纯青的操作技能和出神入化的精湛技艺，赢得了师生的热烈掌声。

　　自央视纪录片《我在故宫修文物》热播后，镜头中工作专注、执着内敛、气质儒雅的王津被网友们认为"将大国工匠的精神诠释得淋漓尽致"，一夜之间成为"网红"，被封"故宫男神"，也让文物修复师这个冷门职业广为人知。41 年待在一间仅 60 平方米的工作室里，日复一日、年复一年干同一件事，这恐怕让大多数人都觉得不可思议。然而，王津做到了，而且他打算退休后"接着干"，因为"喜欢就能干一辈子"。

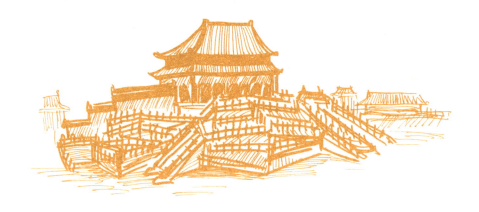

唤醒故宫三分之一馆藏钟表文物

　　王津的曾祖父、祖父都在故宫工作，他从小热爱着这个世界上现存的最大宫殿。1977 年，16 岁的他开始进入故宫工作修钟表，到如今已经近四十年。

　　"我去过世界上很多大的博物馆，相比较而言，故宫的西洋钟表馆藏是全世界最丰富的。因为我们有明清许多代皇帝的喜爱和重视，又经过几百年来钟表修复师的不懈努力，才有了今天的人类钟表艺术的巨大宝库。"王津自豪地说。

　　"故宫钟表的特点是复杂独特的演绎功能，尤其在顺治、康熙和乾隆三朝，基本上是皇帝的御用宝贝玩具。"王津说，"我们修复的很多钟，外国专家来看过之后，都很惊叹，经常被借到世界各地展出，这就对我们的修复技艺有了更高的要求，很多外国专家觉得修不好的钟，在故宫，我们都会尽最大努力把它修好，这也是故宫作为世界上最大的博物馆之一的骄傲。"

　　钟表修复技术是故宫里唯一绵延下来、没有断层的非物质文化遗产，已传承了三百多年。"宫廷钟表都是特制的，一般只生产一个或一对，大多是孤品，没有配件可换。"王津说，修复必须遵循"不改变文物原状的原则"，这种技艺必须由师傅手把手带徒弟口传身授，再通过修复每一件文物钟表所遇到的不同类型问题，不断学习和积累方法与经验，代代传承。

一件待修的钟表运来，先拍照记录、制订修复方案，再拆解、清洗、补配、组装、调试，直至运转正常，最后进库保存。从1981年上手修复第一件钟算起，经王津修复成功的故宫钟表已超过两百件，故宫钟表馆中陈列的一百二十多件钟表中，约有三分之一都是他修复的。

而每让一件故宫古钟表转动，都要花费几个月，甚至一年的工夫。"与其他文物修缮不同，钟表修复的独特之处在于不仅要恢复走时功能，更重要的是恢复演绎功能才叫修好。"

令王津印象最深刻、修复得最满意的文物，是一件"铜镀金变魔术人钟"，这座钟内部有超过一千个零部件、七套系统、五套机械联动，被公认为世界上最难修复的钟表之一。王津与团队耗时一年多集中修理，才最终将其演绎功能重现于世。此钟后来远赴荷兰展出半年，让世界为之惊艳。

"我们不修，真的没人能修了"

"钟表修复是一个匠人一辈子的事情，现在故宫有一千六百多件钟表文物，需要几代人才能全部修好，我们现在做的，只能是抢救性修复，而不是保护性修复，因为这方面的人才太少。你经手的每一件钟表都是价值连城的文物，有的甚至是国宝级文物，一般人还真不敢下手。"王津说，"我已经记不清自己修过多少座钟，大概四十年修了两三百座，我真的希望自己能老得慢一点，再为故宫多修几座钟。"

一次，一位游客打碎了故宫大殿的一块玻璃窗，导致临窗陈列的一个座钟跌落受损。受损的玻璃窗属于故宫的翊坤宫正殿原状展室。这座宫殿建成于明永乐十五年（1417 年），明嘉靖时开始被称为翊坤宫，是明清两代后妃居住的地方。清代慈禧太后住储秀宫时，每逢重大节日，都要在这里接受妃嫔们的朝拜。在《甄嬛传》里，"华妃娘娘"就住在翊坤宫。"华妃娘娘的钟"马上被送到王津手里修复。王津说，这个钟叫"铜镀金转花水法人打钟"，是清宫旧藏，18 世纪于英国制造，国家二级文物。虽然损坏严重，但王津还是很有底气能把它修好，因为当时这个钟英国也只出厂两件，故宫的这件修不好，就是国家文物的重大损失，所以必须修好，对文物的负责就是对历史的负责。经过王津的修复，这件珍贵的文物完好如初地复原了。

"修钟表不单单是和国外的专家比，还要和古代近代的大师匠人们比，他们既然可以在那个时代把钟表造出来，我们身处在这个科技更加发达的时代，更没有理由修不好了。难度在于，不允许有任何闪失。因为珍贵的文物，修复过程是不可逆的，一旦有重大损坏，我们将愧对后人，所以很多时候我和同事们的压力也很大，但压力再大也要完成工作，因为你不做，真的就没人能做这事了。"这样说的时候，温柔儒雅的王津目光坚毅而决绝。

"从这代人就开始糊弄，后代人怎么办？"

在钟表小小的零件表面，有数代匠人标刻的痕迹，从这些痕迹中，王津不仅仅能了解到一座时钟的变化历史，更能体会到一代代匠人的良苦用心，更了解到什么是对于一份职业的敬畏心。

"糊弄验收很容易，我们想让它三十遍、二十遍都不出问题。"王津这一份对于精益求精的品质追求，还要从他师傅处说起。

王津师承故宫钟表修复第二代传人马玉良，而师父认真寡言的形象也深深地刻在了王津的心里。他日日跟随师父默默研习取经，师傅的真传，也就在日积月累中浸润于心。现在，师傅身边的东西，留在故宫的，就只有一方工作台，望着台面上深深的刻痕，王津的眼中也依稀闪过一丝感慨。

"你要从这代人就开始糊弄，那后代人怎么办?"扎扎实实干活，问心无愧做人，这就是工匠的境界，是一代代钟表修复师言传身教传承下来的"规矩"。以此为信条，才敢承接前代的真传，才有底气说出对后世的交代。正如王津自己所说："人家传了一百年都没有出现问题，不能因为我们的粗心大意造成文物损伤，那也对不起师傅。"

几年前王津因为《我在故宫修文物》这一纪录片被人们所熟知，各大媒体纷纷向他抛出橄榄枝，但都被他婉拒。常年来，他出行的交通工具不过是公交车、自行车;衣物不过是一套深蓝色的工作服。说话轻声细语的他，无疑也把自己活成了一座时钟，任尔斗转星移，我自岿然不动。而工匠精神对于他来说，不过是"责任"二字，是上对得起天地、下对得起自己的那一份热忱与初心。

● 学生感言

活动现场，王津为学生们解疑释惑，并寄语青年学子，鼓励他们掌握各方面知识和技能，争做工匠精神的实践者和代言人，练就过硬技能本领，为中国制造腾飞添砖加瓦。活动结束后，王津被师生们围住要求合影。"看过《我在故宫修文物》纪录片，被王津老师敬业、认真的精神感动，敬佩之情油然而生。"柳州铁道职业技术学院的学生农金鑫表示，他希望自己也能成为一名具备工匠精神的技术人才。

"工匠大师平和淡定，坚韧执着，睿智豁达。要想成为技能大师，唯有精益求精、追求完美!"学生们无不感叹。

齐增升：

"八零后"砚雕师以创新传承千年技艺

时间：2017 年 6 月 20 日
地点：山东省潍坊科技学院

工匠小传

齐增升，1986 年生，全国首届中华砚雕师，寿光市工艺美术协会会长，山东省工艺美术协会会员，担任多所学院专业技术指导教师和特聘专家，2019 年被中国民间文艺家协会砚文化委员会聘为"专家库制砚专家"，曾获"华光杯"全国工艺美术大赛银奖、第十五届中国（国家级）工艺美术大师精品博览会金奖、中国"泰山瓷业杯"第二届工艺美术创新大赛金奖、中国工艺美术协会百花奖、第九届中国风筝博览会金奖、"梁子黑陶杯"山东省工艺美术设计创新奖金奖、第十一届中国（山东）工艺美术博览会工艺美术精品奖。

宋代苏轼曾在《孔毅甫龙尾石砚铭》中慨叹砚台之美："涩不留笔，滑不拒墨。瓜肤而縠理，金声而玉德。"当今中国的制砚领域，"八五后"的砚雕师齐增升为其中翘楚。早在 2014 年，其作品"天地和同砚"被潘基文收藏；2017 年，"上善若水砚"作为贵重礼物被比尔·盖茨收藏。齐增升的砚雕创作从青州红丝砚入手，逐步拓展至鲁砚的其他砚种，如端砚、歙砚等。如今，他与古砚已一同走过了近十载的雕刻时光。

2017 年 6 月 20 日这天，潍坊科技学院的学生们迎来了他们的"大师兄"——作为 2005 届毕业生，齐增升重回母校，为师弟师妹们讲述自己成长成才的心路历程。专注、诚恳，是他给现场学弟学妹们留下的第一印象。

以匠心致匠艺，精益求精

2014 年 10 月，中华炎黄文化研究会砚文化工作委员会、北京立根集团公司共同举办"立根杯"第一届中华砚雕师评选。人们惊讶地发现"中华砚雕师"的称号被一名 29 岁的年轻小伙子摘获，他就是齐增升。

"齐增升，1986 年生于齐鲁之邦，纪国故都。幼喜诗书，慕孔孟之道，羡古人之胸怀。及长，负笈从师，求学索道。近年客居古城青州精研砚艺。其间无物欲之求，唯以读书研砚为乐。同道砚友多有切磋，每稍有所得，便怡然自乐。更有幸师从著名砚学家吴笠谷先生，乃觉知识之无际，砚学之浩渺也。经先生指点收获巨大，着力参悟，以期近门。作品之风格秉承缘石赋艺、天人合一之理念，注重突出神韵意趣、思想内涵，追求砚作之大格局、高境界……"

这是友人为他撰写的小传。如传所言，齐增升从小痴迷中国传统文化，整天与笔墨纸砚打交道，身边朋友们深知其好。2011 年，一位朋友从古城青州带来了一块红丝石送给他，抱着试试看的态度，他用篆刻刀小心翼翼地刻了一方砚台。"没想到，第一件砚雕作品得到了大家的一致好评。"从这么一块小小的石头开始，齐增升踏入了砚雕艺术的大门。同年，他有幸拜著名砚学家吴笠谷为师。短短四年间，他从一个普通砚雕爱好者成长为技艺精湛的从业者。齐增升表示，自己的快速成长与老师吴笠谷在创作方向和理念上的引领密不可分。

制砚的第一步不是雕刻，而是"审石"，从天然纹理中寻找创作的空间——这是吴笠谷给他上的第一课。他惊奇地发现，老师买到石料后，总是顺着纹理构思雕刻，如果雕刻会破坏石头本身的特点，他宁可不动刀，动刀则必成佳品。这让他深受启发，也慢慢体会到了"尽力不如借力"的道理。

此后，每每获得新石料，齐增升都有些"小兴奋"，因为"每块石头的颜色、纹理都是独一无二的"。虽经选料、设计、雕刻、磨光、上光等多道工序，一个姿势就是数小时，但创作完成后，心中便豁然开朗，以致乐此不疲。

宏盛云涛与温柔细浪将乌金般的砚塘烘托而出，背面水纹涌成一个旋涡，海、天、日同声吟唱茫茫天籁，这是"海天浴日砚"；圆形素池简约大气，背面老树盘根错节，枝杈血脉相通、命运相连，这是"华夏同根砚"。还有"东方红砚""石子砚""烈火真经砚""云海砚""大德云纹砚"……创作理念的精进很快使砚雕品质渐臻佳境。齐增升把自己对砚的理解以及对中国博大精深的文化的认识都融入作品当中。人生如砚，一方小小的砚台就是他心中的广阔天地，包罗万象，涵映众生。

坚守传统文化，入古出新

细观齐增升的作品，你会发现其外形精致饱满，浑朴古韵中透露出现代感，层次丰富，令人神驰。

问及视觉效果从何而来，齐增升提到了他的新作：一方名为"化龙池"的端砚。说起创作过程，他的脸上掩饰不住笑意："石料本身其实并不贵，难得的是正反两面相同位置都有墨绿色的鱼形图案相互呼应，我一眼就看上了。""鱼跃龙门"是常见的传统民间题材，寓意前程似锦。"金鳞出清渊，遇风化白龙。"书、画、印、刻四角俱全，保证了古砚的传统底蕴。在此基础上，齐增升创新升级：背面使用现代"俏色"技术，即利用石料天然的颜色和纹理，营造浑然天成的效果；不用传统的鲤鱼，而请来金龙鱼这位"老外"做主角，增加赏玩的趣味性。在他看来，一方好砚应如是：既保留传统技艺精髓，又注入现代设计理念；巧借天工之力，兼顾实用之需，成为集欣赏、使用、收藏功能于一身的艺术品。

不过，创新并非易事。困扰砚雕师的往往不是刀工，而是设计。"前段时间大火的故宫文创产品，就在设计上下了不少功夫。"齐增升感到，设计"出新"须建立在"入古"的基础上。学习砚雕就像建造一座金字塔，要不断夯实专业基础，提升艺术涵养，通文史、精"六艺"，不断攀登，最后在塔顶垒上一块自己的"创意之砖"，"这样，整个金字塔都被点亮，也是属于你的了"。

砚雕之余，他还会约上几位艺术圈的朋友到工作室小聚，包括大学教师、设计师、民间艺术家、自己的学生……渐渐地，小聚发展成了专题雅集。"石料摆上，小礼品备下，大家随意围坐讨论。谁出的设计点子好，就奖励给谁。"与砚友切磋技艺让苦心孤诣的创作状态有了更多可能，开阔了他的艺术视野，也迸发出天外飞仙般的灵感。

通过积年摸索，齐增升回溯传统文化，寻找现代人喜爱的元素，终于实现了传统与现代设计理念的有机融合。运用虚实相生、动静结合的手法因材施艺，其砚雕风格愈加生动多姿，人物形神兼备，山川灵动可人，刻刀下的事物无不栩栩如生。

继承民族技艺，传播世界

2017 年，作为寿光市工艺美术协会会长的齐增升接到一个重量级的制作邀请，为世界首富比尔·盖茨雕刻一方砚。"我的第一反应就是，通过砚台这个文化载体，将中国文化更好地传播出去，让中国传统文化之美被世界上更多人感受到。"

头一回为外国人做砚，齐增升陷入沉思：做什么样式呢？忽然，他想到一句古语："山管人丁水管财"，以水喻财，符合盖茨先生世界首富的身份；正所谓"上善若水"，水也切合盖茨先生从事的慈善事业。因此，齐增升决定用青州的红丝石创作一方"上善若水砚"，背面用隶书篆刻"兼爱施仁"四个字。

一方一寸之间，浪花活泼奔涌，像一群小朋友热热闹闹做游戏。时间凝固这一刻，香气四溢。比尔·盖茨先生向来喜爱中国文化，他欣喜地收下了这份来自中国的祝福，就连身边的女同事也立刻爱上了它。可能是觉得肥润可爱、摩挲顺手，这位女士把砚台放在脸颊上把玩、意兴盎然的一刻被相机捕捉了下来，传回给大洋彼岸的齐增升。

千百年来，无数美轮美奂的作品与精妙技艺令人折服，独具魅力的东方意蕴弥足珍贵，让世界睁大了眼睛。每每看到自己与同人创作的砚雕作品在海外获得肯定和赞誉，齐增升都觉得欣慰不已，所有的辛苦和付出都值得了。

从业七年，潜心砚雕的齐增升沉迷砚文化中，浑然忘我。不知不觉间雕刻了两百多方砚台，其中一方拍得十万元。"在当下快节奏的网络时代，如果能沉下心做一件喜欢的事，一定有收获。先找到自己擅长的领域，不断钻研，成为权威。一个点突破后再寻找下一个点，一点一点地突破，积点成线。这条线最终会成为你的艺术脉络，还能帮助你确定自己的艺术风格、艺术派系。"自己带学生之后，他以此教导他们不忘初心，脚踏实地。

如今，在齐增升的带领下，越来越多的年轻人加入制砚的行列中，爱上了砚台文化。作为一名年轻的砚雕师，他依旧感到责任重大，"希望我们这代人能把砚台的技艺和文化再往前推一步。砚文化作为传统文化的重要一脉，理应在海内外得到推广和弘扬"。

栉风沐雨，薪火相传。古代砚匠们面壁躬身地厮守着自己的活计，不求代价、默默无闻，以自己的毕生心血点燃了华夏砚文化的不灭灯火，烛照着后人前行的路程。这一路上，齐增升孜孜以求，襟怀远大。正如他小传中所说的那样，"对砚之喜好乃天性使然，遂奉为终生之事业，勤之，专之，探索之，是犹不负众人之望，少年之志哉！"

● 学生感言

"大师兄"的到来如一石激起千层浪，在年轻的学弟学妹中间引起了巨大的反响。许多师生表示，在今后工作和学习生活中，要深入弘扬和传承工匠精神，坚定理想信念，提高素养，更好地践行社会主义核心价值观，为我国由制造业大国向创造强国转变，实现中华民族复兴的中国梦做出应有的贡献。

冯新岩：

了不起的"电网神探"，代代传的工匠精神

时间：2017 年 7 月 4 日
地点：山东省聊城职业技术学院

工匠小传

冯新岩，1980年生，中共党员，山东人，高级工程师，现任中国电网山东省电力公司检修公司电气试验班班长；撰写技术论文21篇，编写技术标准8项，参与编写技术教材6部，荣获省部级科技成果奖励5项，多次参加国家级、省级电力行业技术竞赛并获得个人、团体荣誉；先后获得"中央企业技术能手""全国电力行业技术能手""国家电网公司劳动模范""国家电网公司青年五四奖章""国家电网公司技术能手""山东省劳动模范""齐鲁首席技师""齐鲁工匠"等荣誉称号，2019年荣获"五一劳动奖章"。

素有"电网神探""技术大师"之称的冯新岩面对聊城职业技术学院的学生，当场演示起了他的专业——电力检测与维护的实验，博得台下赞声连连。"台上一分钟，台下十年功"，冯新岩高超的技艺背后，是二十年如一日的坚持与付出，是不为外人所知的坚忍与担当，是对工匠精神深切而执着的追求与传承。比起他的技艺，他无私奉献、忘我追求的精神品质更值得欣赏与学习。

敬业："电网神探"的坚持与付出

济南夏季炎热的天气像一只随时会把人吞噬的猛兽，太阳还没完全升起，逼人的热浪已经势不可当地向大地袭来，冯新岩和往常一样早早来到变电站，全副武装地进行变电设备检测。时间一分一秒地过去，烈日渐渐升上高空，豆大的汗珠从冯新岩的额头上、脸颊上一颗颗滴落，但他一刻也没有停下手中的动作，直到所有的设备运行状况、现场作业控制卡都检测完毕，才长长舒了一口气。

这样的清晨，从冯新岩成为中国电网山东省电力公司变电检修中心（检修基地）电气试验工的第一天起，已经整整坚持了二十年。

如今的冯新岩是电气试验班班长，用他自己的话来说，电气试验工就是"给电看病"的人。变电站控制着全省大大小小的电网、电路，如果带"病"运行，不仅会对覆盖区的供电造成影响，甚至还会带来数千万元的设备损失。因此，冯新岩每天总是第一个到岗开展变电检测。

变电站内风声、电晕声响成一片，夹杂着机器的运转噪夹音，冯新岩竖起耳朵仔细地听着。忽然，他皱起眉头，喃喃自语道："这台机器好像有问题。"

身边的电工小张不以为然："哪儿有问题？我怎么没听出来？"

冯新岩对小张说："就在这个位置，明显是设备异常的响声，而且响声就在机器的内部。"

小张不信，提出先用传感器对疑似出故障的机器做一下初步检测，传感器检测的结果证实了冯新岩的判断，这台机器出了问题，如果再晚一点检修，必定会因为故障而"罢工"，十几个市县区的供电都有可能突然中断。

冯新岩对变电设备故障判断的信心来源于他超高的专业水平，他经常给徒弟们示范怎样辨别机器的声音，他能抓住十亿分之几秒的瞬间，准确判断出设备运转声音的差异。"只有把整个电站和它周围的环境声音特点都记住，才能辨别哪个是机器内部的声音，哪个是机器外部的声音。"冯新岩被徒弟们称为"最了不起的电网神探"。

冯新岩说过，一个真正的工匠决不会允许任何一个细微隐患的存在。身为班长，他必须在每一次检测中给出最权威的意见，才能带领整个班组的行动。十二年来，他每天都在前往变电站的车上翻阅各种与供电设备有关的材料和地图，反复思索哪些设备是新增的、哪些设备需要重点检查，反复回想每件设备运转的声音和运行的规律。等到达变电站时，将近一百页的设备台账已了然于胸。全省四十多个特高压电站，几乎每个电站周围的环境特点、每台变压器的声音特点他都能分毫不差地记下来，为此花费了多少时间、付出了多少精力，只有他自己才清楚。

责任："超级英雄"的坚忍与担当

从潍坊回济南的火车上，连日出差劳累的冯新岩闭着眼睛在脑海中复盘这些天的工作情况，身边的手机忽然响了起来。"冯师傅，能不能麻烦您再过来一趟？潍坊供电出大问题了，刚才有个变压器 500 千伏出口的避雷器炸掉了，变压器跳闸了！"听到同事焦急的声音，冯新岩立刻意识到问题的严重，火车刚一到站，他便提起工具箱冲出车门急急忙忙往回赶。一到出事地点，冯新岩顾不上擦一擦满脸的汗，拿起工具就爬上悬挂在高空的变电设施开始检测。

几项例行检测之后已是深夜，冯新岩陷入了沉思：从同事之前的检测数据来看，明显是变压器有问题，但自己在检测过程中并没有发现这一点。他一遍又一遍地对照自己与同事的检测数据，不时攀上爬下重新检测。眼看天空中渐渐出现了亮光，冯新岩果断地做出了恢复供电的决定。同事们都犹豫着，生怕因此背上"黑锅"，只见冯新岩一拍胸脯："照我说的做，有问题来找我！"

事实证明，同事最初给冯新岩的数据是错误的，变压器跳闸另有原因。有人问冯新岩为什么敢这么做，冯新岩的回答是："一方面，我相信自己的专业水平；另一方面，不能因为我们后台几个人的问题影响整个城市的用电，总得有人站出来承担责任。"

在冯新岩的日常工作中，不仅经常会面临巨大的风险与责任，有时甚至还需要冒着"生命危险"。如果说高空作业对电工来说早已习惯成自然，那么带电检测这项工作即使对冯新岩这样电工中的佼佼者而言仍是一大难题。

除非万不得已，带电设备在一般情况下绝不允许随便停机，因此电工必须在 50 万至 100 万伏的高压电设备中徒手把握传感器来检测变电故障。人在高空中如走钢丝一般，面前是几十上百万伏的带电设备，离头顶两米处还布满了密密匝匝的高压电线，尽管有全方位的保护措施，但一不留神就可能引起爆炸，整个人都会被烧焦。

带电检测过程中，冯新岩经常感受到身体与带电设备产生静电时一阵阵钻心的刺痛，但即使再累再难受也必须保持精神高度集中。年复一年，在艰苦危险的工作环境中，冯新岩咬牙练就了一身忍耐的好功夫。自打进入电网系统，他二十年如一日，一不怕苦，二不怕难，以一己之力保障着数百万人的正常用电，同事们经常打趣说他是无数大企业和老百姓背后的"超级英雄"。

传承："技术大师"的成长与传承

望着修缮一新的变电设施，冯新岩反复思考其中的奥秘，可依旧百思不得其解。

冯新岩走进变电站的小隔间，打开手机里的课件——这是他多年来的习惯，每天无论多忙都要见缝插针地学习专业知识。从一开始的参考书到后来的网络视频课程，再到现在最流行的手机课件，不管何时何地，学习的习惯始终不曾改变。

冯新岩忽然发现课件中所涉及的知识点正与他方才思考的难题有关。为了寻求答案，他根据课件中的教授信息，费了九牛二虎之力找到来自清华大学的授课教授，将自己的问题一股脑儿地发给了这位教授。没想到，教授很快回了信，不仅给了他答案，还将解决问题的步骤绘制成图片一起发了过来。教授的做法让冯新岩着实感到敬佩，那一天，他真正读懂了什么叫作工匠精神。从那天起，追求极致、一丝不苟的精神伴随着他面对一次又一次任务与挑战，攻克一道又一道技术难关，创立、研发一个又一个新型技术成果，成为人人赞不绝口的"技术大师"。

公司里的电工没有人不知道冯新岩的手机号码。随着冯新岩的技术越来越高，慕名前来请教的人越来越多，他索性把自己的手机号变成了公司的专业咨询热线。每当看到别人孜孜不倦地刨根问底时，他都仿佛看到了当年的自己。"电工是一门技术活，技术就是要在做中学、学中做，技术要靠代代传承。"因此，他满怀耐心地对待每一个来求教的人。有时别人觉得耽误了他的时间，心里过意不去，他却连连说："是我应该感谢你给了我学习和提高的机会。"

多年来，担任公司兼职培训师的冯新岩一直奔走于山东省各个变电站，教出了一千多名员工。他的"徒子徒孙"遍布全省，可以说，山东凡是有电的地方，就有冯新岩的功劳。就像冯新岩常说的那样，技术工匠注定要做一辈子幕后英雄，但每次看到自己亲手打造出的电网将故乡装扮得熠熠生辉时，心里总会生出满满的成就感，或许这就是他用实际行动对工匠精神最好的诠释。

● 学生感言

从冯新岩身上，学生们见识到了一名真正工匠的精神品质与工作态度。许多工匠一生都是幕后英雄，但工匠精神会像他们做出的贡献一样，被时代、被社会永远铭记，被无数后人代代相传。

仇红芳：

让奉献精神轻叩学生心扉

时间：2018 年 11 月 28 日
地点：上海市奉贤中等专业学校

仇红芳，"全国五一劳动奖章"获得者，上海劳模学员分会常务理事，两次获得"上海市劳动模范"称号，被誉为"最美售票员"。

作为"全国五一劳动奖章"获得者，仇红芳不仅自身是一名光荣的劳模，更是上海劳模学员分会常务理事，多年来，她组织带动各专业领域的劳模、工匠走进校园，策划了一系列相关活动，让学生们走进劳模的内心世界，有机会一探大师们成才路上的鲜花与荆棘。

今天，"劳模工匠进校园"系列活动的组织者之一仇红芳来到上海市奉贤中等专业学校，笑容璀璨、自信乐观地解答学生在专业学习、就业职业和社会活动中遇到的困惑，引导和帮助学生成长成才。

"劳模"也应该是青少年的楷模

"全国五一劳动奖章"获得者、上海劳模学员分会常务理事的仇红芳自己就是劳模"出身"，曾两次获得"上海市劳动模范"称号，被誉为"最美售票员"。

然而，回想起刚刚当上售票员时候的自己，她笑着说："啥不行练啥！经验都是实践出来的！第一次接触这工作，啥都不懂，啥都不会，一切都是从零开始。那时我就告诉自己，别人能干的我也能干，而且还要干得比别人更好！"凭着这股不服输的韧劲，她在岗位上渐渐发挥出自己的优势，获得了乘客们的一致好评。

有一次，全天的工作完成了，夜幕降临，她在最后检查车厢时发现座

位上有一个皮夹，"估计是哪位粗心的乘客落下的"。她打开一看，里面有一张老奶奶和小女孩的合影，还有几百元钱。"如果是我的话，掉了钱该有多着急啊！"将心比心，她赶紧把皮夹上交给组织，万一失主找来，可以第一时间还给对方。果然，第二天，一位老奶奶颤颤巍巍地来到车站，左右观望，好像在找人。她心头一动，这不是照片上的奶奶吗？想着，便迎了上去。"您是在找人吗？""姑娘，我昨天钱包落在车上了，你能帮我找找吗？"就这样，她将钱包物归原主，两周后，奶奶送来锦旗，赞扬仉红芳拾金不昧的美德。

岗位上多年的磨炼让仉红芳对工作越来越得心应手，也让她开始思考"劳模"二字的意义。在她看来，劳模的社会示范效应价值很大，"劳模的影响力应该不仅仅覆盖成年人，更应该对青少年起到带头和价值观引领的作用"。秉持着这样的理念，多年后，"上海劳模学员分会"与学校合作的想法在她心里悄悄生根、发芽了。

让劳模和工匠进校园，受益的是年轻人

"上海劳模学员分会"是一个什么样的群体？被问到这个问题时，仇红芳自豪地告诉记者，这是一个由近六百位曾获得过"全国劳模""全国五一劳动奖章""部级劳模"等荣誉的各行各业的劳模、工匠组成的群体。"这个集体自带光环，不是因为各种各样的荣誉，而是因为一颗颗勇于奉献的心。"她笑着说。

四年前，劳模学员分会与上海市奉贤中等专业学校共同策划了劳模精神进校园活动的倡议书，并签订了合同，由此开启了劳模事迹的宣传，先后组织了听劳模讲成才故事，帮助学生、组织学生参加座谈交流，学校开设劳模班，帮助村镇贫困老人等形式多变的活动……迄今为止，共有四千多学生与劳模零距离交流。同时，分会还注重学生的培训技能，根据学校实训基地的特点，针对性地派出"明星工匠"现场传授技术诀窍，并带领学生到著名的企业参观学习，帮助学生开阔眼界、掌握创新方法。

此外，分会还多次召开研讨会，邀请政府部门、院校主管、教育专家、企业领导一起协助学校把劳模精神、工匠精神融入教学大纲和相关的教育题材中。

四年来，分会与上海市奉贤中等专业学校开展的劳模精神进校园活动取得了显著成效。"我们的工作成果得到了老师、家长、学生、企业以及劳模五方的认同，看到学生们的转变和进步，劳模们激动地说，这比自己当年取得劳模称号还高兴。"说起这些，仇红芳的眼睛里闪烁着骄傲的光。

劳模工匠精神的丰富内涵，不断激励着学生传承弘扬劳模工匠精神。多年来，学生通过与劳模工匠面对面、零距离的互动接触，劳动创造美好的观念进一步根植于他们的心坎。

培养下一代"小工匠""小劳模"

在全国劳模徐虎精神的激励下，学生为山区留守儿童制作了"家校联系册"，方便了儿童与监护人的联系；设计制作了一百二十多种、十万多份各类纪念日和节日的感恩卡，免费发放给全市近三百多所中小学校开展感恩教育；制作了"爷爷奶奶健康手册"，赠送给敬老院孤老。学生们还走进四团镇新桥村、奉浦街道等村居，通过"父母健康""每周之子女孝亲更和美"等微信公众号，让老人的子女在微信上随时掌握父母的健康状况，也方便了村居干部服务留守老人。学生学劳模、做公益的一系列服务活动，在社会上获得了良好的反响。

目前，在仉红芳等人的努力下，分会与奉贤中专成功合作的经验正在被复制和推广。

仉红芳说，从合作的学校数量来看，这一活动逐步推广到南湖职业学校、上海商业会计学校等六所职校和一所市重点中学；从劳模讲师团成员数量来看，已从第一批的三十人逐步扩充到如今的六十人；从活动范围、活动内容来看，更加注重学生的基地开拓，从原来的两处逐步扩大到如今的七处；从辐射范围来看，从原来的进校园扩充到如今的进企业、进社区。"习总书记高度重视劳模精神的传承，我们每一位劳模也会更加努力地协助市劳模讲师团和职业院校，进一步传播劳模精神、工匠精神，让劳模工匠精神薪火传承，在校园的土壤里落地生根、开花，在新时代新气象中做出我们劳模新的作为。"仉红芳如是说。

正是在这一次次的互动结队当中，劳模协会与学校的合作越来越紧密。劳模走进了学校，学生则走近了劳模。"弘扬传承劳模工匠精神，为培养下一代的'小工匠''小劳模'做出了重要的贡献。"当问及做这一切的初衷时，仉红芳强调："人就是这样，如果想要做成一件事情，有时候就要有点傻傻的，像阿甘一样。"在她看来，无论是劳模还是工匠，他们身上的奉献精神永远不会因为时间而褪色，反而会更显珍贵。

● 学生感言

仉红芳老师用质朴的语言和亲身的工作经历形象生动地讲述了自己立足本职、爱岗敬业、任劳任怨、无私奉献的典型事迹，也展现了自己在平凡的岗位上做出了光荣伟大、催人奋进的工作业绩。"今年我们在校内外听了好几场工匠、劳模老师的个人事迹讲座，感受到他们坚韧不拔、一丝不苟、精益求精、追求卓越的精神，给了我无数启迪和感动。如果不是这些分享，可能我现在对于学习生活的看法还和过去一样，视野也不如现在这么开阔。而这些进步和变化都和仉红芳老师的努力密不可分，我真的很感谢她。"听了仉红芳的分享，学生们纷纷表达感恩之情。

陈珺：

美味掌勺人的传承之路

时间：2018 年 12 月 27 日

地点：上海市奉贤中等专业学校

陈珺，1974年生，现任上海市信息管理学校烹饪专业教师、烹饪教研组长，同时兼任"陈珺工作室"负责人、国家级面点考评员、上海市烹饪专业中心教研组成员等职；2012年获得上海市"教书育人楷模"（提名奖）称号；2014年荣获"上海市园丁奖""上海市优秀班主任称号"；2015年荣获"上海市先进工作者"称号；2016年荣获"全国黄炎培职业教育杰出教师奖"。

冬日暖阳融融，上海市中等职业学校"劳模·工匠进校园"推进会在奉贤举行。会上，一名嘉宾笑容灿烂，举手投足间折射出一股干练的气息，她就是2018年"上海工匠"、上海市信息管理学校（原徐汇职业高级中学）烹饪专业教师陈珺。

2012年获得上海市"教书育人楷模"（提名奖）称号并受到市委书记接见；2013年成为"青年优秀教师代表"，市领导亲临家中慰问……记忆中的珍贵时刻，来自追求极致、完美、精益求精的努力，也来自她对烹饪面点制作的不断追求。民以食为天。在二十多年的教学生涯中，陈珺不断传承创新海派烹饪，坚守教学第一线。她的探究式教学法为学生提供了主动学习的空间，鼓励学生探索性尝试。她利用课余时间充实自己，先后获得了中式面点师高级技师、西式面点师高级技师、国家二级营养师等资格证书，是名副其实的一专多能"双师型"教师。2018年，她也成为第一位来自教育系统的"上海工匠"。

精研匠心工艺

当年，陈珺的中考成绩完全可以进入区重点高中，但出于对烹饪专业的喜爱，她选择了中职校——徐汇区职业技术学校。"女孩要学一门手艺。"陈珺开玩笑说，"那时酒店行业很热门，因为长相普通，做不了服务员；但我胆子大，会杀鸡，老师就建议我选择烹饪专业。"

从刀工到烹饪，从雕刻到冷盆，从中点到西点，每一门烹饪课程都令她着迷。"当时全班 32 人，我不是最聪明的学生，但是最努力的。"为了面点"开酥"达到最佳效果，放学回家后她每晚继续练习，常常练到深夜 11点。当时没有配方，完全靠自己反复尝试、琢磨。"练习时做出来的点心不能浪费，就送给邻居吃；练习的点心多得不计其数，邻居吃到不想再吃。"

任何一项手艺都离不开勤学苦练。除了开酥，雕刻、刀工她也反复练。"一块豆腐干，至少横向切成 11 片。当时还拿馄饨皮来练切丝。"在汗水和伤口的见证下，她把土豆丝、姜丝、豆腐丝切成头发丝粗细，肉丝、鸡丝、鱼丝切至棉线粗细。1992 年，在学校举办的技能大赛上，她获得了刀工、面点两项比赛第一名。此后，她考上了上海旅游高等专科学校。作为优秀学生，陈珺被推荐到衡山宾馆西点间实习。就业前，她纠结过：如果在酒店做点心，日复一日，年复一年，但做老师的感受完全不一样，每天面对学生，每个学生都是独特的个体，每届的学生也不一样，将自己的本领播撒给年轻的学子，这本身就很有挑战性。1997 年她回到母校从教。

创新探索式教学

博大精深的中国传统烹饪技艺，不仅是每个中国人日常生活的必备，更是世界饮食文化的重要组成部分。在快节奏的当今社会，如何让中国传统烹饪技艺代代相传，让中国饮食文化历久弥新，是职业教育必须肩负的责任。

以往实践操作课，老师做示范，学生模仿学习，这似乎是固定不变的

传统教学模式。但陈珺不同，在"菊花酥的成型"一课上，她并不急于告诉学生如何制作成品，而将课前准备好的成品发给学生，安排足够的时间让他们尝试。学生自主完成制作后，若发现问题，则带有目的性地去观看其后教师的示范操作。

"菜肴、点心的花色品种可以无穷尽，老师不可能每样都教学生，老师需要教会学生的是，自己去研究、开拓、创新的方法。"不仅要会"上课"，老师还要能"说课"。陈珺的探究式教学方法为学生提供了主动性学习的空间，鼓励学生探索性尝试。

为了冲刺上海市星光杯职业技能大赛，陈珺常常陪学生一练就是十多个小时。但凡练习中遇到"开酥"效果最好的面粉和起酥油，赶紧保留下来。在上海市星光杯职业技能大赛西点项目上，她的四名学生在裱花蛋糕、法棍、慕斯、蛋糕卷项目中分别获得个人全能一、二、三等奖。在她的精心培养下，其学生还先后摘得"星光计划"西点项目两次团体第一。

从烹饪概况到切配操作，从原料加工到营养卫生，陈珺一直承担一线教学任务。"作为教师，必须有一桶水，才能给学生一杯水。"这个道理，一直深深地印刻在陈珺的脑海中。工作以来，她从未停止过学习。她认真备好每节课，订阅行业杂志，不断调整课程教学内容，使学生能接受更迎合行业发展的知识；为了更好地实现教学，她考取了中式面点高级技师、西式面点高级技师资格证书，还自费考出营养师二级证书。她先后参与了上海市中等职业学校西式烹饪课程标准中《西式面点制作课程标准》《西式面点综合实训课程标准》的编写以及《上海中式烹饪与膳食营养课程标准》等的修订。

做"未来名匠"之师

如何让更多学生未来成为"名匠"？在她眼中，烹饪第一课就是"厨德"——从教学生穿好厨师服入手。自进入厨房那一刻起，女生必须戴好头套，不能有散落的头发；厨师服的标准穿法是，袖子要卷到肘部。除此之外，她还注意从擦桌子、洗水斗、换擦布等小细节培养，认为行为习惯和职业规范相当重要。未来工匠还要不怕吃苦，同学们上实训课，经常一站就是半天。

三十分钟完成十寸的蛋糕裱花、小小的包子要打上三十六个褶子还要分布均匀、一块面团拉出几千根细如发丝的面条、用澄粉面团制作出美丽的鲜花……为了完成这些"不可能的任务"，陈珺几乎把心血都投给了学生们。为了让自己的"蓄水池"更加充盈，陈珺每隔一段时间就要到书店"淘"烹饪书。她常说："在我家里，好几个书橱，几百本的专业书籍，都是我的财富。收集烹饪书籍就是我的最爱！"

已是晚上八点多了，学校的西点操作室依然灯火通明，陈珺和同学们为了"星光计划"还在紧张地操练着。咖喱角已不知做过多少次了，常人眼中已经够赏心悦目、香酥可口了，但是陈珺却认为它的口味、外形、质感还不能达到尽善尽美的水平。

为了让学生们做出完美的咖喱角，陈珺手把手地教，每天都要待到很晚，嗓子也因操劳过度哑了好些天。眼看着面粉、油和蛋的配比即将达到完美的标准，家里却来了电话，原来孩子已咳嗽了一个多月，晚上又发了高烧，家人不得已叫陈珺快点回家。她却无奈地用嘶哑的嗓子说："妈妈，对不起，还是请你陪他去看病吧！我实在是走不开。"看着学生做出咖喱角的酥层像纸一样层层张开，陈珺又是哭又是笑，让学生们心疼不已。

在陈珺看来，行事做人与烹饪的原理是同源互通的。对待学生，她"文火慢炖"，精致耐心；对待工作，她"武火淬励"，精益求精。在日常教学中，她关注每位学生的发展，从不因繁难而放弃任何一个学生。她所带的班级，每年中式面点师五级考证合格率均达到100%。

陈珺告诉记者，她最大的希望是培养未来的"上海工匠"，让更多的学生成为"未来名匠"。面对诸多荣誉，她谦虚地说："我认为一名从事专业技能教学的老师应坚守初心、执着专注、摒弃浮躁，在本职岗位上坐得住、做得精，这是一名专业教师应有的职业精神，也是一位教师应有的'工匠精神'，我将为了成为一名'未来名匠'之师而不懈努力。"荣誉之下，陈珺朴实无华的言语表达了一名职业教育工作者的匠心与担当。

● 学生感言

这一天，来自学校四个专业的近五十名同学与九位劳模、工匠围坐在一起，共同探讨工匠精神的丰富内涵。学生何思巧对现场嘉宾充满了好奇心，"没想到可以在现场和劳模们面对面接触互动"。在交流过程中，她了解到了劳模们的经历，听他们给自己种种未来的就业建议，收获到了很多。"原本以为大师都是身怀绝技、高高在上的，没想到陈珺老师这么平易近人。"身为学校"学习劳模班"的一员，她期待未来能有更多的机会与大国工匠们再次"亲密接触"。

葛志红：
一片理想一片情，发明路上永不停

时间：2019 年 5 月 23 日
地点：河北省沧州医学高等专科学校

葛志红，1974年生，河北省冀中能源峰峰集团总医院护士长，主任护师，葛志红创新工作室带头人，拥有317项国家实用新型和外观专利，一项国家发明专利，创造了卫生行业专利之最；获得"河北省金牌工人""全国生命英雄探索之星""邯郸市魅力天使""河北大工匠"等荣誉称号，荣获"河北省五一劳动奖章"；近年来在全国核心、权威医学期刊上发表论文54篇，获得相关学术奖项12项。

对葛志红来说，她这一生最大的财富要数318项亲手创造的专利。从业28年来，葛志红平均每个月都有一项专利诞生，这些专利就像她职业道路上的一座座里程碑，承载着她的每一个梦想、每一次奋斗、每一次前进，见证了她从一名稚嫩青涩的小护士成长为一名聪慧能干的护士长，从一名怀疑自己入错了行的工程技术爱好者蜕变成一名"白衣天使中的发明家"。

来到河北省沧州医学高等专科学校，葛志红在学生们面前表演了三个小实验来展现自己最得意的三项发明成果，博得一片掌声与赞叹声。在学生们崇拜、敬佩的目光中，葛志红把自己28年来的发明情结、发明历程娓娓道来，学生们的脸上带着向往的神色，仿佛与她一起踏上了那条浸润着理想与激情的追梦心路。

初心：只要不放弃梦想，总有一条路可以到达

葛志红的父亲是一名机械工程师，他给葛志红留下印象最深的启蒙教育就是父女两人经常一起把家里的座钟、手表、电器拆了装、装了拆，父

亲还经常手把手地教小志红绘制简单的机械结构图。不知不觉中，小志红的心中埋下了一颗热爱工程技术的种子，从小到大她只有过一个理想，就是当一名工程师。

谁知长大后，葛志红阴差阳错地成了河北冀中能源峰峰集团总医院的一名护士，与最初的梦想失之交臂使她感到有些失落。也许是从小养成的对机械的敏感使然，在医院里，她辗转过眼科、脑科、普外科、手术室，不管在哪里，只要遇到用起来"不顺手"的东西，她总忍不住在纸上画草图重新设计一番，时间一长便攒了厚厚一摞图纸。

在巡查眼科病房时，葛志红发现多名患者共用一个眼科治疗盘很容易造成交叉感染，顿时萌生出一个大胆的想法：能不能把眼科治疗盘改造成可以供患者单独使用的设备？

她开始苦苦思索，一有空就在纸上画各种草图，只要一闭上眼，脑海中就会浮现出各种眼科治疗盘的样子。有一次，她在超市购物时无意中在货架上看到一个储物盒，不禁眼前一亮：这不正是自己理想中眼科治疗盘的样子吗？她兴奋得难以抑制，连购物车都扔在一边，抓起储物盒直冲收银台。回到家，她拿起储物盒一头扎进屋里，参照储物盒的样子反复修改设计底稿，又拿起工具在储物盒上加工改造。整整一个月，除了上班，她的业余时间全都扑在这件事上。

功夫不负有心人，葛志红终于研制出了"密闭式眼科专用治疗盘"，还意外地获得了她的第一项专利。她庆幸自己没有忘记儿时的梦想，眼下，她找到了一条让梦想照进现实的道路：一边做护士，一边利用自己的机械工程知识进行医疗器材的创造发明。

恒心：一路艰辛终有收获，没有人能随随便便成功

获得第一项专利后，葛志红的创造热情被点燃了，她翻出之前画的图纸，想把更多的设计申请成专利。其中的很多想法后来在她的认真改进下

真的变成了一项项专利，但一开始她却饱尝了不为人知的艰辛。

　　每当她捧着亲手绘制的图纸给家人和同事看时，总有人会打击她："发明是你的主业吗？护士不就应该打针、输液、配液体吗？""你这一点点小改进连专利的边都沾不上，别做梦了！"葛志红并没有被这些话打倒，反而被激起了斗志，她明白在梦想没有实现之前，总会有人不相信自己，唯一能做的，就是加快前进的脚步，向所有人证明自己能行。

　　为了使自己的发明创造更符合专利的标准，她开始自学工程学、环境科学、力学等相关学科。图书馆成了她最常去的地方，每次去她都推着一辆小车，一车一车地借回一摞摞厚厚的专业书。无数个深夜，她伴着一盏孤灯、一杯清茶孜孜不倦地翻阅文献，反反复复地修改图纸；为了求证操作方法，她还专门上街观察别人修自行车、削菠萝，一看就是大半天……为了专利，她放弃了悠闲的生活，放弃了有趣的娱乐，放弃了无数个节假日、周末甚至新年，但她从没有过一句怨言。

　　发明创造占据了葛志红几乎所有的心思，还让她在同事面前闹出过不少笑话。有一次，几个同事在大街上看到她远远走来，主动跟她打招呼，没想到她却面无表情地走了过去。同事们都很尴尬，不知一向友善的葛志红为何突然变得目中无人。其实，她当时正在思考一个关键问题，生怕灵感趁她跟同事打招呼的时候"溜"走了。

有时为了钻研一个问题，葛志红会从早晨到中午一动不动地坐在桌前；一旦产生新的想法，哪怕是半夜从梦中突然醒来，她也会赶紧跳下床把想法记录下来。渐渐地，家人和同事都知道了她的"魔怔"，每次只要见她正在思考，经过她身边时都会有意地放轻脚步。

创造发明成了她日常工作、生活的一部分。细心如她，看到同事姐妹经常被安瓿割伤手指，她设计出了"多功能药瓶开启安瓿助折器"；敏锐如她，发现有的治疗室缺少研磨药物的医用器材，便认真研究了卷笔刀的构造，还特意跑到老家观察磨盘的每个细节，发明了一款特制的研药器；精细如她，察觉到输液加药过程中肉眼不易看见的微粒会造成安全隐患，便潜心钻研，研制出了"精密过流注射器"……这些大大小小的发明创造后来为她带来了一项又一项专利与荣誉，是对她的辛勤付出最大的肯定、最好的奖赏。

爱心："我的灵感，来源于患者；我的智慧，服务于患者"

在患者和同事眼中，葛志红是一个十分亲切可爱的人，她总是面带浅浅的微笑，让人感觉如沐春风。工作之余，她总喜欢到各个病房和患者拉拉家常谈谈心，问问患者住院的感受和需求。她的许多发明创造都来源于此。

迄今为止，葛志红最得意的一项发明要数"外控精准闭锁式输液调节器装置"，也就是通常所说的"输液定速器"。她开玩笑说，这项发明是被患者"吓"出来的。

有一次，葛志红好友的父亲生病输液，老人家很不耐烦，护士一走，就把点滴的速度调得像流水一样快，结果加重了心脏负担，差点危及生命。葛志红问好友为什么不用医院里的输液定速器，好友告诉她，这种定速器一个要好几十元，还是一次性的，如果每次输液都用，那么住一次院光是在这一项上就要花费上千元，因此许多患者和家属宁可冒着"生命危险"也不愿花这个钱。

这件事让葛志红心有余悸，她想到如果能发明一种廉价的装置来固定输液速度，那么就能把患者从输液的风险中拯救出来。经过十个月的构思、试验、打磨，她终于发明出了一种成本只有几毛钱，并且可以反复利用的简易塑料调节器，功能与现有的器材并无二致。"葛氏"输液器刚投入试用便受到了患者和家属的热烈欢迎。

从此，葛志红把创造发明的重心转移到了满足患者的需求上。为了帮患者减轻经济压力，她设计出一种改良版注射器，每支售价不到市面上流行的注射器的一半；有些患者会在静脉点滴注射药物时感到疼痛，她在查阅了大量文献资料，并向药剂师悉心请教后，配制出一种安全的、能缓解疼痛的药品配方；医院常用的轮椅上没有输液架，患者家属举吊瓶时间久了容易手酸，她又设计了一种新型轮椅：轮椅上安有输液架，拆下来能当手杖，轮椅还能在需要的时候变为简易平板床……人人都称赞她是个想患者所想、急患者所急的"爱心好护士"。

如今，葛志红把许多项专利无偿赠送给了她热爱的冀中能源峰峰集团总医院，希望能借助医院的平台，早日把这些专利转化成产品，使产品早日投入生产、流向社会，让更多的患者感受到机械工程的益处——这是她从事创造发明的初衷，也是她心目中梦想的终极意义。

● **学生感言**

"专利并不神秘，它就在我们身边。只要我们目标坚定，永不放弃地坚持，成功就在下一站等你。"这句话的背后，是葛志红向学生们展现出的一个追梦者应有的姿态。每个人都有梦想，无论何时何地，只有通过坚持不懈的努力把梦想变成现实，才能实现自身的价值。

齐名：

立足岗位勇创新，生命与精彩齐名

时间：2019 年 5 月 30 日
地点：河北化工医药职业技术学院

齐名，1971年生，中共党员，华北制药金坦生物技术股份有限公司（下文简称华药）首席技师。2017年5月22日，在河北省党代表会议上，他被选举为十九大代表。他先后荣获"五一劳动奖章"以及"全国技术能手""全国最美职工""全国劳动模范""全国优秀共产党员"等称号，享受国务院特殊津贴。他所带的电气仪表组获得全国"学雷锋示范岗"、全国"示范性劳模和工匠人才创新工作室"等荣誉。

2016年7月1日，在北京人民大会堂，华北制药金坦公司首席技师齐名迎来了作为一名共产党员的"光荣时刻"：在庆祝中国共产党成立95周年大会上，来自全国各条战线、各个领域的一百名先锋模范，被授予"全国优秀共产党员"荣誉称号，齐名是其中一员。手捧红彤彤的证书，齐名激动不已。"全国优秀共产党员"八个大字印在证书上，更深深印在他心中。过去的二十多年，他勤学不辍，成为电气仪表自动化专家。他曾是治愈率只有15%的白血病人，他战胜了病魔，坚守岗位创新不止，共有213项创新成果，创造直接经济效益一千五百多万元，循环经济效益五千五百多万元，其中七项成果获国家专利授权。这位方正国字脸、眼神坚毅的中年专家刚走进会场，就立刻吸引了所有师生的目光。

奋斗：每个人都有自己需要追赶的人

工作二十五年来，齐名从一名技校毕业生，成长为电气仪表自动化领域的专家，后来成为华药首席技师……在每一个工作岗位上，他都闪耀着

光芒。"作为一名共产党员，要立足岗位、坚守理想信念，比其他人干得多、做得好。"齐名说。

齐名从小就对机械工艺十分着迷，"小时候，特别想知道收音机打开时为什么会有'咔嗒'声，还研究了很久"。因此，当父母提出让他考大学时，他却选择了石家庄劳动技工学校。

然而，当他以石家庄市技术工人统考第一名的成绩进入华药110车间后，才发现需要从事的是高压电工工作，而非学校里学的低压电工。按捺住心中的落差，他以华药技工比赛电工组第一名的同事薛健为榜样，奋力学习。为学习最先进的技术，当华药新建华胜公司时，齐名主动请求加入。1997年，在经济一体化席卷全球的背景下，华药新建了国内规模最大、硬件水平最高的现代生物技术公司——金坦公司。1999年齐名被调到新公司，这一年，他成为一名光荣的中国共产党员。

从1991年技工学校毕业到1999年进入金坦公司，齐名给同事的印象始终是"爱琢磨"。很多师傅至今还记得那个爱刨根问底的小伙子。年轻人都是师傅怎么教就怎么干，齐名却每件事都要弄清楚为什么这么干，无一日不读书，无一日不思考。有了疑问，他不仅询问师傅，还自己买书寻找答案。"他遇到技术问题特别爱刨根问底。"同事表示，维修现场经常可以看到齐名仔细观察、不断请教的身影。下班后别人都走了，他还蹲着琢磨，业余时间打电话给老师傅探讨也是常事。对此，齐名解释说："每个人身边都有需要追赶的人，只有不断追赶，才能进步。"

追赶成就了他的飞速进步，家中的各种证书成为他多年奋斗的见证。翻开一摞摞证书，最早的一本上印着"1994年度青年岗位能手"字样。"他一开始负责高压电气设备检修，在公司里的比赛总得第一，后来在石家庄市职工技能竞赛中也总拿第一。因为技术水平太高，现在我们都不让他参加公司的比赛了。"同事笑着说。

坚韧：用 15% 的生存概率活出 100% 的精彩

就在前途一片光明之时，36 岁的齐名被确诊为白血病。风华正茂的年纪，积极向上的脚步难道就要被迫停止吗？

妻子自始至终没有和他谈过病情。化疗的第一疗程正值冬天，她每日顶着寒风，从家骑车到医院送饭，默默地照顾他。为缓解他经济上的压力，同事自发捐款 2.8 万元。"我们还记得你的笑容""快回来，等着你干活呢""精神也可以产生免疫力"……在他感觉无助时，公司的同事将写着祝福和玩笑的明信片带到齐名的病房。家人劳累的身影、同事企盼的目光不断浮现在他眼前。这一切，触动了他心底最柔软的地方，一点点将他从阴霾中拉了出来。

"生活并没有那么糟。"渐渐地，他看开了：与其抱怨，不如把自己当平常人看，每一天都当最后一天过。"如果时间不多，我要在离开之前，做些有意义的事，完成未了的心愿。"振奋起来的齐名，决心要用每一天的精彩，谱出一曲动听的生命之歌。

"化疗时，我给他带去几本杂志，想让他消遣一下，结果他让我换成了电气化方面的书。"金坦公司党支部副书记、工会主席张延军仍记得，看到齐名一边输液化疗一边看书时，同病房的病友都露出惊讶的表情。而齐名却说，化疗时躺着难受，一看杂志就更浮躁，拿着电气化方面的书，能看进去，也就忘了痛苦。心宽了的齐名，在住院化疗期间，躺在监护室内写写画画，琢磨起技术上的难题。

创新：一角钱和一千余万元的故事

每年完成十项成果，创效一百万——这是齐名重返岗位后给自己定下的目标，他坚定地践行着。

2000 年 5 月，从意大利进口的生产注射用纯净水的设备坏了。厂家说要把设备拆走，运到意大利维修，维修费高达几十万元。不仅如此，将设备运到意大利，一个来回，企业最少也要停产三周。测算下来，企业至少要损失一千万元。为避免重大损失，齐名决定试着修一修。他和同事经过两天两夜的拆装、测试、排查，最终确定故障点是一个电阻烧坏了。他们到五金店花了一角钱，买了个电阻换上，设备竟然就这样重新运转了起来。

金坦公司是华药在 1997 年建立的当时国内规模最大、硬件水平最高的现代生物技术公司，设备来自德国、美国、意大利等国，很多都是从瑞典打包运来的。设备维修短时间很难摆脱国外的技术控制。外国厂家维修报价，动辄几十万元、几百万元，且维修工费从外国专家出家门那一刻算起，以小时计算。"这太不合理了！"齐名不服气。但不久，齐名就发现了自己的差距：德国、美国等世界一流的设备集中到这里，厚厚的英文说明书中各种专业词汇他看不懂。机器出了故障，他只能给外国专家打下手。这让齐名产生了紧迫感，他开始加速"充电"。

买来书和英语磁带，报考计算机应用夜大专科……齐名利用一切业余时间进行系统学习。当时他的月工资只有千把块钱，但单单购置专业书籍就花掉了一万多元。渐渐地，齐名成了金坦公司的"百事通"，不但能给设备治"小毛病",还能做"大手术"。2007年,进口的贵重设备贝朗3号系统出现故障。齐名几天茶饭不思,经过无数次试验后,终于掌握了系统芯片的应用,问题迎刃而解。渐渐地,需要请外国专家维修的问题越来越少。

一项攻关连着一项成果,齐名的知识积累如火山爆发般一发而不可收——《巧制 PLC 程序备份,减少事故节约维修高昂费用》《开发单片机功能,创新增效》《组建厂区技术安全防盗》《模块自控系统电气转换器国产化替换》《软化水控制系统改造》。在金坦公司的每一个岗位,几乎都能看到齐名攻关成果的应用。

设备动力部部长胡丽芝说,齐名是单位出了名的"创新达人",小到改造公司的门禁系统,大到改进进口生产设备的功能、自主研发替代部件,"可以说,从机械到电器、仪表,从低压到高压,齐名是全活儿"。

二十多年来,齐名创新不止,150项科研成果创造直接经济效益一千五百多万元,循环经济效益五千多万元,他先后获得五项国家专利授权。

"我将珍惜全国劳模的荣誉,继续开展技术创新和课题攻关。"5月5日,刚刚获得"全国劳动模范"称号的齐名说道,他将践行自己每年十项创新成果、直接效益创效一百万元的既定目标,为企业发展做出更大贡献。

● 学生感言

活动现场,齐名与病魔抗争继续奋斗的不凡经历深深感动着每一位莘莘学子。齐名讲述了敬业奉献的经历,生动诠释了工匠精神的深刻内涵。他用满腔热情激励学生爱岗敬业、精益求精。齐名的精湛技艺和执着专注、一丝不苟、追求卓越的品质让年轻的学生们敬佩不已。大家纷纷表示要以此为动力,努力学习,干一行爱一行,练就一身过硬的本领,为"中国制造"添彩。

连江波：

做勤谨的勘察设计者

时间：2019 年 10 月 21 日
地点：贵州建设职业技术学院

连江波，1984 年生，中共党员，西北农林科技大学岩土工程专业硕士，贵州正业工程技术投资有限公司第一勘测设计院院长，从事岩土工程专业相关技术与科研工作。2014 年，连江波同志荣获贵州省优秀工程勘察设计项目一等奖，2015 年荣获全国优秀工程勘察设计项目一等奖，2016 年参加贵阳市黔春大道道路（中环路）工程勘察 2 标项目并获得 2018 年度贵州省优秀工程勘察设计二等奖，2019 年获得"贵州省五一劳动奖章"。

"中科院 500 米口径球面射电望远镜（Fast）台址开挖设计""贵州省黔焦化项目地基处理及场平工程""贵阳市轨道交通 3 号线一期工程"……先后参与了各类重点项目的"贵州省五一劳动奖章"获得者连江波大踏步走进贵州建设职业技术学院的礼堂，与台下师生们"亲密接触"。虽然满身荣誉，但这位从事岩土工程专业的"八零后"科研工作者却毫无骄矜之色。演讲过程中，他谦逊的态度和实事求是的精神让人折服。

连江波讲述了自己如何立足本职、爱岗敬业、创新创造、无私奉献、精益求精，在劳动中成就人生价值、实现梦想的故事，并与现场学生座谈讨论、分享交流，从不同角度向大家传递了"工匠精神"。最后，他向现场学生赠送了书籍《以工匠精神抒写奋斗人生》，赢得了阵阵热烈的掌声。

和自己"死磕"，其乐无穷

说起自己与岩土工程专业的缘分，连江波滔滔不绝。"我从小就很喜欢研究各种石头，每次放暑假，我就喜欢呼朋唤友一起去郊外搜寻各种各样的石头带回家'珍藏'，还喜欢研究地图，到处找'新地标'、勘探新地形。父母也非常支持，从没有因为我的这种'怪癖'而责备我。可以说，他们保护了我的天性。"父母的理解和支持让幼年的连江波在石头这件"小事"上有了越来越多的探索欲望，兴趣也渐渐浓厚了起来。

2010 年毕业后，连江波进入贵州正业集团公司工作，长期从事岩土工程与地质灾害防治工程专业技术服务、工程管理及科研工作。炽热的盛夏，连江波踏上工作岗位。这时他发现真实的工作场景往往需要立刻上手解决实际问题，而非如过去那般随心所欲地满足自己在专业上的探索欲和好奇心。"很多时候都会遇到奇奇怪怪的问题，因为刚进公司，什么都不懂，往往今天这里出纰漏，明天那里需要请教老师傅。总之挫折感很强。时值盛夏，蝉声阵阵，让我很烦躁。"面对新入职的烦恼，连江波坦言自己也曾犹豫过、彷徨过，甚至在很长一段时间内，自己心中有种消沉的情绪挥之不去。"好不容易从学校毕业，正想着大展宏图，没想到工作原来这么烦琐，需要处理这么多以前想都想不到的问题。"面对挫折和困难，很多年轻人都选择了逃避，连江波也不例外。但是他很快就从消极情绪中挣脱出来。

"当时，我的一个老同学和我畅谈了一次，瞬间把我从浑浑噩噩的状态中'拯救'了出来，至今很感谢他的提点。"朋友问了连江波一个问题："你读这个专业的初心是什么？"他自省："是啊，当初选择这个专业，原本就是为了毕业后可以到社会上为大众解决实际问题，而不是单单满足自己的求知欲。如果闭门读书，又何必选择实践性这么强的专业呢？"

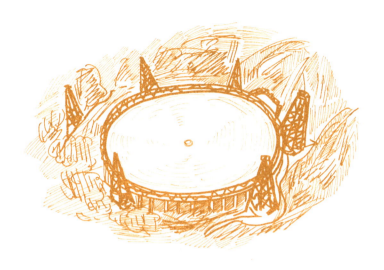

　　这时他才发现自己缺少在工作中"再坚持一下"的精神。"过去都是靠天赋，如今要靠坚持了。坚持，就是咬紧牙关再来一次。"意识到这一点，他开始全身心投入解决工作问题的步骤中，一个问题一个问题地解决，一个困难一个困难地克服。一个坎迈不过去，就不走下一步。"和自己死磕，其乐无穷！"终于，连江波又找到了读书时期的自信，在专业技术上有了很大的提升。

"勘察"疏忽不得，否则"设计"无从谈起

　　"勘察设计"是工程建设的重要环节。勘察设计的好坏不仅影响建设工程的投资效益和质量安全，其技术水平和指导思想对城市建设的发展也会产生重大影响。勘察设计在工程建设中起到龙头作用，为所属地域经济、社会发展提供支撑的具有地缘特征的开放性的动态系统，融入城市建设活动和社会之中，依托建设活动和社会的发展而发展。

　　"勘察"的步骤往往在"设计"之前，分可行性研究、初勘、定测和

补充定测四个部分。每个勘察阶段都有其目的：先确定建筑的可行性；然后对地质水文情况做一个大致勘察；最后详勘，需要弄清楚每一个地层岩土情况，需要做原位实验、土工实验，确定地基承载力，进而采取合适的基础形式和施工方法……一系列烦琐的操作考验着勘察人员高度的专业技艺，更需要巨大的工作热情和不畏烦琐的耐心。

经过一次次项目的淬炼，连江波逐渐成长为一名具备高度工作责任心的勘察设计师。技术岗位虽然平凡，连江波却做出了不平凡的成绩，2014年荣获贵州省优秀工程勘察设计项目一等奖，2015年荣获全国优秀工程勘察设计项目一等奖，2016年参加贵阳市黔春大道道路（中环路）工程勘察2标项目并获得2018年度贵州省优秀工程勘察设计二等奖……面对诸多奖励，他表现得非常坦然和谦逊："之所以有这些收获，只是组织信任我，把我放在了适合的岗位上。"

睡梦中的坚守

对工作精益求精、严谨求实的连江波，多年来在工作中屡创佳绩，唯独忽略了妻子。就如那一年，中科院500米口径球面射电望远镜（Fast）台址开挖设计项目开始运转，设备要调测，人员需调配，各项任务十分繁重。连江波经常在外出差，一走就是一个多月，一年下来，在家的时间不多。

就算在家的日子，连江波也闲不下来，总是上网查看项目所需要的资料，和同事们沟通工作事宜，忙得不知今夕何夕。说起他的敬业，还有个小故事，让妻子有些哭笑不得。因为连江波总是不在家，因此每次他回到家，妻子总希望他能好好休息。这天好不容易忙完了手头的工作，连江波倒头就睡。夜里风雨大作，妻子在睡梦中仿佛听到有人说话。惊醒后，她发现竟然是丈夫在说梦话："做原位实验、土工实验……"原来，丈夫睡得并不安稳，就连梦中都是工作场景。看到这一幕，妻子又心疼又好笑。

春夏秋冬，寒来暑往，连江波数年如一日地刻苦训练、勤奋钻研，在技术岗位上，用实际行动默默守护着道路工程的运行，把青春献给最爱的岗位，用奋斗践行勘察设计精神。连江波将个人理想抱负融入社会，展示了当代工程勘察设计者的风采。

● 学生感言

大礼堂中座无虚席，工匠的分享触人心弦。连江波用质朴生动的语言为同学们阐述了平凡岗位中的伟大，激励同学们心怀梦想、敢于奋斗，为大家传递了执着专注、精益求精、追求卓越的劳模工匠精神。

报告会现场气氛庄重而热烈，同学们深受鼓舞，纷纷表达了学习和传承工匠精神的决心和对工匠的敬意。"大师坚持钻研和不服输的精神，让我感受到工匠精神的实质内涵。"贵州建设职业技术学院学生李勇说，"今后自己会更加珍惜时光，刻苦学习专业知识，积极参与技能大赛，不断提高技术技能水平，用青春的智慧、奉献的热情、勤劳的双手实现出彩人生。"

唐国军：

有一份初心是"奋斗"，有一种责任叫"担当"

时间：2019 年 10 月 21 日
地点：贵州建设职业技术学院

唐国军，中共党员，现任中国铝业股份有限公司贵州分公司车间副主任，2013 年被授予"中铝贵州分公司劳动模范"称号，2016 年荣获"贵州省五一劳动奖章"。

"今天登上演讲台的，还有贵州省总工会评选表彰的贵州省五一劳动奖章获得者，来自中铝贵州分公司的唐国军先生。我向你鞠一个躬。"站在演讲台上的特级教师蔡顺华，朝着唐国军入座的方向深深地弯下腰去。唐国军见状，起身向蔡顺华鞠躬回敬。顿时，现场观众报以最热烈的掌声——"中国梦·劳动美"全省职工演讲比赛总决赛中的这一幕，让唐国军记忆犹新，更让他深感身上责任的重量。

带着这份沉甸甸的责任，唐国军来到贵州建设职业技术学院，在暖意融融的秋阳下讲述职业故事，分享自己对工匠精神的理解，并向学生赠送《以工匠精神抒写奋斗人生》，引导学子学鲁班精神，做大国工匠，传承好工匠精神。

边工作边学习，做时代需要的高素质劳动者

1999 年 7 月参加工作，2008 年担任钳工班班长，2016 年担任车间副主任……历经二十载职业风雨，懵懂无知的少年被岁月磨洗出独属于大国工匠的一份坚硬而温润的质地。

刚刚进入车间时，唐国军被分配从事设备检修。细心的他很快发现，同事们总被同一件事情困扰。原来，在过去相当长的一段时间内，离心式空压机始终需要依靠厂家维修和保养，工作进度经常因此而不得不延迟。看到同事们苦恼的表情，他心里暗暗琢磨："这个问题真的没办法解

决吗？"几经思索之后，他最终下定决心自学相关知识，并暗暗发誓，一定要解决这个"疙瘩"。辛苦工作一天后，同事们下班了，他却自觉自愿地留在车间继续加班。到了周末，他买来一堆相关书籍在家苦读，边看边思索，到了饭点也不觉得饿，"家人喊我吃饭，叫了三四次，我还沉浸在解决问题的步骤之中，时间过得飞快"。提起这段经历，唐国军觉得苦中有乐，值得咀嚼回味。他感叹道："当时如果没有'钻'在知识里的状态，不可能有后来的成绩。"

不懈的努力让年轻的唐国军在专业技术上获得了较大的提升。他不仅迅速掌握了冷干机磷铜焊接技术，还自学了离心式空压机的维护保养技能，一举解决积累已久的专业难题，获得了周围老师傅们的一致好评。

"问渠哪得清如许，为有源头活水来。"持续学习是父母从小就教导他的事。道理虽然简单，要做到却并不容易，犹如攀爬山峰一般，无论到达什么高度都要更上一层楼，投入大量的时间和精力。唐国军深知，没有源源不断地输入就无法给予高质量的输出。参加工作以来，他全身心扑在学习上，努力提高技术业务水平。正所谓厚积而薄发，那些一心钻研的日夜为后来的突出成就打下了扎实的基础。

从进厂第一天起，唐国军就牢固树立起终身学习的理念，努力学习新知识、掌握新技能、增长新本领，努力把自己锤炼成为知识型、技术型、创新型的高素质劳动者，紧跟时代步伐，适应发展需要。"坚持学习、全面发展，这才是我们这个时代需要的高素质劳动者。"他笑着总结道。

将公司命运时刻放在心中

中国铝业贵州分公司是中国铝业股份有限公司在贵州的分支机构，现已形成年产电解铝 23 万吨、氧化铝 50 万吨、碳素制品 17 万吨、铝土矿 140 万吨、石灰石矿 65 万吨和多种高附加值产品的生产能力。截至 2003 年底，公司拥有总资产 61.31 亿元，优质产品产值率达 95% 以上，产品畅销海内外。

公司主要装备和技术经济指标居国内同行业领先水平，铝电解生产工艺技术达国际先进水平。公司现有氧化铝、电解铝、碳素制品和稀有金属镓四大产品系列 32 个品种。企业通过 ISO9001：2000 质量体系国家认证，是国家一级计量企业、无泄漏工厂，国家级企业技术中心和中国铝业股份有限公司的"铝电解、阴极碳素制品试验基地"。早在 2005 年，公司生产规模就已达到氧化铝 120 万吨 / 年、电解铝 40 万吨 / 年、预焙阳极 25 万吨 / 年、阴极制品 2.2 万吨 / 年、精铝 5000 吨 / 年、金属镓 10 吨 / 年的综合生产能力。

如今的中国铝业贵州分公司实现利税大幅增长，是一家综合实力和市场竞争力都很强的企业。然而，公司也曾有过一段艰难的时期。2008 年全球出现金融危机，工厂受到影响，效益严重下滑。作为班长的唐国军看在眼里，急在心里，每天带头忙碌在检修一线，几个月里体重下降了二十多斤。"唐国军是典型的'实干家'！"每每提到他，身边的领导和同事都竖起大拇指，交口称赞。

公司的发展离不开一个又一个像唐国军这样的先进骨干的无私付出。直至今天，车间依然传扬着他当年的传奇："参与2008年凝冻抢险八百多台电解槽"，"自主研发污水脱氟工艺，为企业节约成本上千万元"、"为化解能源过剩矛盾，利用蒸汽生产热水年创效益两百多万元"……这些传奇故事的背后，是将公司利益放在心中、时刻不忘的精神，是舍己奉公、攻坚克难的品质。

爱岗敬业、勇于创新都来自"热爱"

担任车间主任后，唐国军感到身上的责任更重了。他说，这些年从事供风、供水及污水处理的生产设备和人员管理工作，积累了较多的生产一线管理经验，之所以坚持在岗位上"愈挫愈勇"，是因为内心深处对于工作的热爱。

兢兢业业，让平凡有了梦想的温度；精益求精，用执着追上灵魂的脚步。唐国军立足岗位、勤奋工作，带头坚持爱岗敬业、诚实守信、奉献社会的职业道德情操，专注于工作，全心全意发展事业，努力成为专业领域的专家，为实现"十三五"经济社会发展的历史性跨越贡献智慧和力量。他从普通技术员做起，在展现自己恪尽职守、精益求精奋斗过程的同时，也传递了一种"干一行、爱一行、专一行"的工匠精神。

"唐国军同志发扬工人阶级识大体、顾大局的优良传统，积极支持、参与新一轮产业革命调整和供给侧结构性改革，正确对待改革发展中遇到的困难和问题，坚决维护职工队伍团结和社会和谐稳定。"唐国军的一位同事这样评价他。

在互联网时代，"工匠精神"不仅体现了对产品精心打造、精工制作的追求，还要求不断吸纳最前沿技术，创造出新成果。唐国军锐意进取，争做创业创新的急先锋。他主动适应经济发展新常态，自觉践行"五大"发展新理念，积极投身贵州省大扶贫、大数据、大健康、大旅游等战略行动，以攻坚克难、敢为人先的志气、勇气和锐气，大胆探索、勇于实践，带头创业、带头创新，用实际行动发挥后发赶超的优势，增强自我驱动发展的能力。

● 学生感言

一个个感人的奋斗故事，一张张鲜活而富有冲击力的照片，一次次叩击着现场学子的心扉。

"老师坚持钻研和不服输的精神，让我感受到工匠精神的实质内涵！"现场展示活动结束后，贵州建设职业技术学院的学生激动地表示自己今后会更加珍惜光阴，刻苦学习专业知识，积极参与技能大赛，不断提高技术技能水平，像大师那样，用自己青春的智慧、满腔的热情、勤劳的双手实现精彩人生。工匠对于"劳模"二字的诠释，充分展现出高素质劳动者的职业精神，使广大青年学子坚定了理想信念，增强了职业认同，树立了职业信心，提升了职业素养。

刘源：

成功没有秘诀，唯有脚踏实地

时间：2019 年 11 月 23 日
地点：重庆市铜梁职业教育中心

工匠小传

刘源，1971 年生，重庆市人，长安汽车渝北工厂维修电工，高级技师，长安汽车渝北工厂刘源技能大师工作室、刘源劳模创新工作室创始人；2004 年被劳动和社会保障部授予"全国技术能手"；2005 年被共青团中央和人社部授予"全国青年岗位能手"；2012 年被人社部授予"中华技能大奖"，同年被中国兵器装备集团公司评为"技能大师"；2015 年荣获国家人才培养突出贡献奖；2017 年被评为"巴渝工匠"。

土生土长的"巴渝工匠"刘源站在重庆市铜梁职业教育中心的主席台上，把自己结缘机电维修、从少年能手到技术明星、从学者型技工到教师型领队的心路历程细细道来，令台下认真聆听的师生时而赞叹，时而感动。平淡朴实的故事背后是一名大国工匠三十多年的成长与转变、坚守与努力，折射出坚韧不拔、精益求精的工匠精神与辛勤付出、不计回报的事业情怀。

从少年能手到技术明星

在刘源的童年记忆中，会自动唱歌的收音机、变换画面的黑白电视机勾起了他对这个世界最初的兴趣与好奇，小时候的他曾经忍不住把家里的收音机、电视机拆开来一探究竟。刘源的父亲也是一名机电维修工，有一天，刘源看着父亲专心致志工作的样子，内心忽然升腾起一个强烈的愿望，走到父亲跟前央求他收自己为徒弟。于是，在父亲的带领下，刘源从最基础的零件——电阻、电容、晶体三极管认起，渐渐掌握了许多维修家电的方法和窍门，十四五岁时已经能帮邻居修理一些简单的家用电器，街坊四邻都夸他是个"小能手"。

修理电器是刘源生活中最大的爱好，利用这个爱好来帮助别人带给了他无穷的快乐与自信，这一点促使他后来下定决心选择学习电子电器专业。16岁时，刘源子承父业进入重庆市长安汽车渝北工厂成为一名机电维修工人，正式开始了他的工匠生涯。

机电维修最大的难点在于各种繁复交错的控制电路，光看上一眼都会使人眼花缭乱：密密麻麻的节点连接着数不清、剪不断、理还乱的线路。在外人看来，机电的内部就像一幅凹凸不平的山水画；在机电工人眼里，每一个点都是一座"山"，每一条线都是一条"河"，他们所要做的，是用肉眼和手指翻过每一座"山"、涉过每一条"河"，不放过每一个微乎其微的细节问题，工作的艰难与辛苦可想而知。

面对这样的工作状态，刘源意识到，如果一味蛮干，只会白白浪费许多人力和时间，他想发明一种事半功倍的工作方法。那段日子里，刘源的办公室抽屉里堆满了图纸与机器，除了做好本职工作，他几乎把所有时间都用在了解体电器、探索维修方法上，终于琢磨出一套"看、听、析、查"四步维修绝招，即先通过观察机电运行的情况、聆听机电运行的声音来初步判断电器的故障属于哪种类型，在脑海中分析故障的部位和概率，随后再把电器拆开，找到大致对应的部位，有目的地检测、维修。事实证明，刘源的"四步维修绝招"不仅能使设备维修时间减少一半以上，还能避免因为反复拆装排查而造成的设备损伤，这一绝招引得同事纷纷效仿，也使刘源从一个毫不起眼的毛头小伙一举成为厂里的技术明星。

刘源为何能成为同事眼中的明星？如果不是在工作中处处留心，他就无法发现眼下工作中存在的问题；如果不是对设备的构造胸有成竹，自然也发现不了"四步维修绝招"的捷径。可见，想要成为一名高手，就必须付出多于常人的脑力、心力与精力。

从"挑战达人"到"机电神医"

刘源的同事至今仍然清晰地记得，有一次，一台瑞士固德机械手因为某块模板突发故障而停运，后续生产线受到牵连，工厂的汽车生产面临全线停摆。

心急火燎的车间负责人立刻联系维修部门："快让刘源过来！"

在工厂车间，如果遇到设备故障或运行方面的难题，人们总是会第一时间想到刘源。无论是哪方面的问题，只要经刘源现场快速检查，甚至仅通过电话向他描述一下情况，他就能将故障原因判断个八九不离十，并马上拿出维修方案。

但这次的故障显得很棘手，出现故障的设备在国内是没有售卖的，只能从别处调来，为此造成的停工将会使工厂受到很大的损失。

刘源成了同事们最大的指望。仔细检查故障后，他提出了一个解决方案：马上对现有的模块进行紧急维修，使之达到临时使用的标准以保证生产，等新模块运来后再做更换。在同事们焦灼的目光中，这一艰巨的任务自然落到了刘源的肩上。

三个小时后，机械故障基本排除，生产线恢复了运转。面对同事们的连声夸赞与感谢，刘源淡淡地说了一句："我不做没有把握的事。"在他看似冒险的抉择背后，源于对自己专业知识和操作水平的自信。

有些人在工作中遇到难题能躲则躲、能推则推，但刘源每次遇到难题都抢着上。他认为，困难对一个人而言是最好的学习与锻炼，不怕困难、勇于挑战才能拥有高人一等的实力，实力越强对自己就会越有信心。正因为如此，刘源成了大家公认的"挑战达人"。

早在 1997 年，在业内举行的一次技术大赛上，面对一道超高水准的难题，很多人选择了放弃，刘源却找来图纸潜心研究，还专门寻找厂里的

高工指点。最终，他在现场比赛中首个排除故障，荣获第一名。近年来，刘源主持或独立攻克了上百项技术难题，在多个技术领域打破了国外垄断，亲手打造出一张张"中国技术"的精美名片。他还十分注重专业技术的精进与提升，在日常工作之余对板料检测装置进行改造，使设备故障率降低了80%以上，维修时间减少了70%，仅此一项每年就能为企业节约数百万元，为此他有了"机电神医"的称号。

凭借精湛的专业技能，刘源在单位里享受副总裁待遇，但他始终把自己定义为一名工匠。在他看来，作为一名工匠就要善于"攻关"。刘源用他的实际行动诠释了他孜孜追求的工匠精神。

从学者型技工到教师型领队

早些年，刘源经常独自一人埋头工作、开拓技术，常被人称为"学者型技工"，如今的他又多了一个身份——"刘老师"。长安汽车品牌在全国各地都设有工厂，刘源经常往返于各地的长安工厂，给机电维修人员授课。只要有人向他求教，他都会毫无保留地倾囊相授；只要别人问他技术问题，他都会耐心细致地解答。为了总结技术经验供新人参考，他把三十多年的工作经验编写成三本《长安汽车大学设备保全系列课程——高级工培训手册》，业内称之为"设备维修的百科全书"。

一批又一批高级技能人才在刘源的培养下诞生，其中包括五名全国技术能手、八名公司技能专家、一名专项技能带头人；他还先后成立了刘源技能大师工作室、刘源劳模创新工作室，与日本、瑞士等地合作建立了四个培训中心。这些都只是刘源带队授徒工作的"冰山一角"。

有人不理解刘源的做法，觉得他如果把带徒弟的时间省下来钻研技术，能创下更多的成果，获得更多的荣誉，但刘源却不这么认为。"现在工厂发展很快，人才需求大，我个人的能力毕竟有限。希望工作室能成为一个技术攻关、学习交流的平台，让更多的技术人才在这里成长。"他说，"每个人的技能哪怕只提高了一点点，对整个集团的贡献也绝对比我一个人大多了。技术要有研究、有创新，还要有传承。"近四年来，刘源带领的团队二十来人共同创造了九百万元财富。

在工作团队中，刘源兢兢业业地担任着一名教师、一名领队。每当有年轻人对前途感到迷茫时，刘源就会给他们讲自己的故事，告诉他们："实现理想的道路就在我们身边，但成功没有秘诀，只有脚踏实地的努力，加上永不言弃、精益求精的工匠精神，大国工匠才不是梦。"

● 学生感言

从刘源身上，学生们看到了一个满怀热情的年轻人要付出多少努力、经历多少挑战才能成为一名真正意义上的人才。"大国工匠不是梦"这句话仿佛在学生眼前铺展开一条通往未来的道路，点燃了他们对未来的憧憬与向往，激励着他们把握青春，朝理想与目标不断前进。

后 记

　　"大国工匠进校园"活动是教育部关工委联合中华全国总工会宣教部开展的一项思想政治教育品牌活动。活动通过邀请"大国工匠"到职业院校，与学生面对面交流分享求学求艺经历，诠释崇尚技术、敬业爱岗、勇于创新、精益求精的"工匠精神"，进行技艺示范，旨在教育和激励学生坚定理想信念、弘扬"工匠精神"、树立职业信心、提高职业素养。

　　2016年至今，中国航天科技集团有限公司第一研究院首席技能专家高凤林，北京故宫博物院钟表修复师王津，中国南车青岛四方股份公司钳工高级技师、高铁首席研磨师宁允展等数十位工匠大师走进校园，用亲身经历为职业院校学生上了一堂堂生动鲜活、富有感染力的思政大课。为使更多学生感受和体悟"工匠精神"，教育部关工委精选了29位"大国工匠"的故事，编辑出版了本书。

　　本书的出版得到了广西师范大学出版社的大力支持，在此表示衷心的感谢。

教育部关心下一代工作委员会

二〇二一年四月

图书在版编目(CIP)数据

工匠志：造物/教育部关心下一代工作委员会编.—
桂林：广西师范大学出版社，2021.4(2022.8重印)
ISBN 978－7－5598－3175－0

Ⅰ.①工… Ⅱ.①教… Ⅲ.①访问记－作品集－中国
－当代 Ⅳ.①I253

中国版本图书馆 CIP 数据核字(2020)第 165643 号

工匠志：造物
GONGJIANGZHI：ZAOWU

出 品 人：刘广汉
策划编辑：刘美文
责任编辑：周 伟 李 梅
封面设计：李婷婷
广西师范大学出版社出版发行

(广西桂林市五里店路9号   邮政编码：541004)
(网址：http：//www.bbtpress.com)

出版人：黄轩庄
全国新华书店经销
销售热线：021－65200318   021－31260822－898
山东韵杰文化科技有限公司印刷
(山东省淄博市桓台县桓台大道西首   邮政编码：256401)
开本：690mm×960mm   1/16
印张：12   字数：156 千字
2021 年 4 月第 1 版   2022 年 8 月第 2 次印刷
定价：38.00 元

如发现印装质量问题，影响阅读，请与出版社发行部门联系调换。